别说

——四大名著中的冷知识

张继平 著

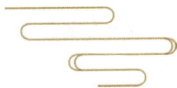

山东教育出版社

图书在版编目（CIP）数据

别说：四大名著中的冷知识 / 张继平著 . — 济南：
山东教育出版社，2021.2
ISBN 978-7-5701-1590-7

Ⅰ.①别… Ⅱ.①张… Ⅲ.①古典小说-小说研究-
中国-明清时代 Ⅳ.①I207.41

中国版本图书馆CIP数据核字（2021）第032436号

BIESHUO—SIDAMINGZHU ZHONG DE LENGZHISHI

别说——四大名著中的冷知识

张继平　著

主管单位：山东出版传媒股份有限公司
出版发行：山东教育出版社
　　　　　地址：济南市市中区二环南路2066号4区1号　　邮编：250003
　　　　　电话：（0531）82092660　　网址：www.sjs.com.cn
印　刷：山东临沂新华印刷物流集团有限责任公司
版　次：2021年2月第1版
印　次：2021年2月第1次印刷
开　本：720 mm × 1020 mm　1/32
印　张：9.375
印　数：1—8000
字　数：170千
定　价：29.80元

（如印装质量有问题，请与印刷厂联系调换）印厂电话：0539-2925659

自　序

别说，非常说。

张继平

2020年4月16日

于拾荒书斋

目录

第一辑

真是那回事儿

曹操的妻妾儿女们

曹操一生妻妾成群，知其姓氏者就有15人，即丁夫人、卞氏、刘夫人、环夫人、杜夫人、秦夫人、尹夫人、王昭仪、孙姬、李姬、周姬、刘姬、宋姬、赵姬和陈妾。其中13人为曹操生25子，另有可考的女儿7人。

丁夫人是曹操的结发妻子，长年未育，于是把曹操的长子——早亡的刘夫人所生的儿子曹昂当作亲儿子抚养。《三国志·后妃传》注引《魏略》说："太祖始有丁夫人，又刘夫人生子修（曹昂字子修）及清河长公主。刘早终，丁养子修。"曹昂随曹操南征张绣被杀害后，丁夫人很伤心，经常埋怨曹操："将我儿杀之，都不复念！"气得曹操把她赶回了娘家。后来，曹操气消，想接她回家，但她正在织布，"踞机如故"，不予理睬。曹操三番五次请她，而丁夫人就是不应。"太祖曰：'真诀矣。'遂与绝。"曹操要丁夫人父母将她改嫁，但其父母却不敢从之。曹操不要求丁夫人为他守节，希望她改嫁，把"妇德"之类的礼法观念抛在一边，不能不说是一个破除传统观念的举措。丁夫人死后，曹操从卞氏之请，把她归葬于许城南。曹操一直觉得对不起丁夫人，"后太祖病困，自虑不起，叹曰：'我前后行意，与心未曾有所负也。假令死而有灵，子修若问'我母所在'，我将何辞以答！'"可见，曹操临终之时仍然怀念着丁夫人。

卞氏是琅琊开阳人，原为歌舞艺人。曹操在25岁的时候，待机乡间，那时卞氏20岁。"太祖纳为妾，后随太祖至洛。"自此，曹操每有征伐，卞氏便常常随军照料曹操起居。据《三国志·后妃传》记载：董卓为乱时，曹操只身东归，未及将卞氏带出洛阳，袁术传来消息，说曹操已经遇难。曹操部下军心动摇，都想散伙回家。卞氏阻止说："曹君吉凶未卜，你们今天回家了，明天曹君要是还在，又怎么有脸面再见他呢？即使真是大祸临头，大家一同赴死又有什么可怕呢？"大家听了卞氏的话，都留了下来。后来曹操闻知此事，十分感激卞氏。建安二十二年（217），曹丕被立为太子。两年后，卞氏被立为王后。就这样，卞氏从一个普通的歌舞艺人成了王后。曹操死后，曹丕即位，卞氏被尊为王太后。曹丕死后，曹睿即位，卞氏被尊为太皇太后。太和四年（230）五月，卞氏去世，同年七月在高陵与曹操合葬。

据《三国志·魏书·武文世王公传》记载：曹操共有25个儿子，其中，曹丕、曹彰、曹植、曹熊为卞氏所生；曹昂、曹铄为刘夫人所生；曹冲、曹据、曹宇为环夫人所生；曹林、曹衮为杜夫人所生；曹玹、曹峻为秦夫人所生；曹矩为尹夫人所生；曹干为王昭仪所生（一说陈妾所生）；曹上、曹彪、曹勤为孙姬所生；曹乘、曹整、曹京为李姬所生；曹均为周姬所生；曹棘为刘姬所生；曹徽为宋姬所生；曹茂为赵姬所生。25个儿子中，曹熊、曹昂、曹铄、曹冲、曹玹、曹矩、曹上、曹勤、曹乘、曹整、曹京、曹均和曹棘均在曹操病逝前即已离世。引起曹操重视的只有曹丕、曹彰、曹植和曹冲四兄弟。另外，可以称得上有些作为的还有曹昂、曹衮和曹彪。

由于封建史学家受重男轻女观念的影响，除后妃、烈女外一般不为女子列传，因此，曹操到底有多少女儿史无明载。根据史料尚可考者有7人，知其名者有曹宪、曹节、曹华3人，知其封号者有清河公主、金乡公主、安阳公主和高城公主4人。

曹宪、曹节、曹华是曹操诸女中年龄稍长者。建安十八年（213），54岁的曹操被封为魏公后，遂将这三个女儿献给汉献帝刘协为夫人。次年二月，汉献帝又封曹宪、曹节、曹华三女为贵人。她们入宫后不久，伏皇后密图曹操的事败露，被曹操幽禁至死，"所生二皇子，皆鸩杀之。（皇）后在位二十年，兄弟及宗族死者百余人"（《后汉书·伏后纪》）。建安二十年（215），曹节被献帝立为皇后。这样一来，曹操不仅是汉丞相、魏公，而且成了汉献帝的老丈人，皇帝刘协成了曹操的女婿。曹操晋封魏王后，献帝封曹操的女儿为公主,并赐给收取赋税的汤沐邑。延康元年(220)十月,曹丕称帝。曹节做了7年的皇后,随着汉献帝被废为山阳公,她也被降为山阳夫人。此后,她又活了41年,于魏景元元年(260)去世,与献帝合葬于禅陵,"车服礼仪皆依汉制"。

曹操平定河北后,把女儿安阳公主嫁给了得力心腹荀彧的大儿子荀恽。安阳公主生有二子。荀恽继承爵位,官至虎贲中郎将。荀恽与曹植友善,而与夏侯尚不睦,引起曹丕的极大不满。荀恽早死,因留下的两个儿子是曹丕的外甥,曹丕对待他们倒是不错。

曹操有个养子叫何晏,娶了曹操的女儿金乡公主。何晏在世时恃才傲物,无所顾忌,且又好色,为官也不正派。金乡公主对他的为人很担心,曾对她的母亲王太妃说:"晏为恶日甚,将何保身?"司马懿杀死何晏后,想斩草除根,把他五六岁的儿子也杀掉,后来听说金乡公主曾对何晏表示不满,"特原不杀"。

清河公主是夏侯楙(mào,同"茂")的妻子,与曹昂同为刘夫人所生。婚后夫妻二人很不和睦。夏侯楙虽为安西将军,但他并无武略,喜欢经营家业,身边又多姬妾,为此,清河公主"与楙不合"。清河公主曾上奏魏明帝曹叡,说夏侯楙诽谤朝廷。曹叡信以为真,要将夏侯楙处死。有人劝阻曹叡说:"此必清河公主与楙不睦,出于谮(zèn,诬陷、中伤)构,冀不推实耳。"曹叡调查发现,果然是诬告。夏侯楙险些被自己的妻子送上了断头台。

曹操还有一个女儿是高城公主。据李善《文选》注陆机《吊魏武帝文》引《魏略》说："太祖杜夫人生沛王豹（非曹豹，应为曹林——笔者注）及高城公主。"据此，高城公主为杜夫人所生，曹操死时她尚年幼，后来不知嫁于何人。

曹操对待女儿非常严格。他不仅经常对女儿们进行俭朴教育，而且对她们的穿戴、生活、婚嫁都做了若干规定，如"履不二采""禁室内熏香""公主适人，皆以帛帐，从婢不过十人"等等。不可取之处是，曹操经常把女儿当作政治筹码使用。

扈三娘，"一辈子"就说了十个字

通读《水浒传》，你会发现一桩怪事，就是书中的一丈青扈三娘几乎从未开口说过话。全书中绝无仅有的一次开口，她仅仅说了一句话，这句话只有十个字。然后，就没有了"然后"。

女将一丈青扈三娘英武而又漂亮，书中对她的描述是："雾鬓云鬟娇女将，凤头鞋宝镫斜踏。黄金坚甲衬红纱，狮蛮带柳腰端跨。霜刀把雄兵乱砍，玉纤手将猛将生拿。天然美貌海棠花，一丈青当先出马。"（第四十八回）她本是扈家庄扈太公的千金小姐，美貌超群，武艺高强，能使两口日月双刀，马上挥洒自如。早先许配给了年轻勇武的祝彪。谁知造化弄人，三庄联防被各个击破。她虽然捉拿了好色又恃勇逞能的矮脚虎王英，但又被豹子头林冲擒拿上了梁山。后来，又由宋江主媒嫁于王英成了矮脚虎的"浑家"。矮脚虎王英"原是车家出身，为因半路里见财起意，就势劫了客人，事发到官，越狱走了"，就此蹿入绿林。王英上清风山为寇后，色心极重。即使是在祝家庄和扈三娘阵前交手时，他还色心萌动，"却要做光起来"。结果，才十数回合就被扈三娘"纵马赶上，把右手刀挂了，轻舒猿臂,将王矮虎提离雕鞍,活捉了去"。一丈青扈三娘嫁给了龌龊的手下败将王英,其婚姻的不幸,自不必细说。

令人奇怪的是,在一百回本《水浒传》中,扈三娘自出场到阵亡,都始终一言未发。在一百二十回本《水浒传》中,她绝无仅有的一次开口,也是被后人插增的征田虎部分。该书第九十八回中,宋江军与田虎军交战,田军中飞出一骑银鬃马,马上是一位"年方二八女将军",旗号上写的是"平南先锋将郡主琼英"。好色的矮脚虎王英"看见是个美貌女子,骤马出阵"。接下

来，"二将斗到十数余合，王矮虎拴不住意马心猿，枪法都乱了"。结果，被琼英一戟刺中左大腿，"撞下马来"。这时，扈三娘终于说出了在一百二十回本《水浒传》中唯一的一句话，这句话不算儿化音，只有短短十个字。原文是："扈三娘看见伤了丈夫，大骂：'贼泼贼小淫妇儿，焉敢无礼！'飞马抢出，来救王英。琼英挺戟，接住厮杀。"

明明是自己的丈夫邪心大动，心猿意马，被琼英刺伤，扈三娘反而破口大骂琼英是"淫妇"，骂人家"无礼"，而且还在"小淫妇"前连加三个极端恶毒的形容词："贼""泼""贼"。可见扈三娘是不"鸣"则已，一"鸣"惊人。从男性的角度，把扈三娘雄性化，用男性化话语丑化女性；从现实主义的角度，也可以说中国古代女性思想也同样被浸透了夫权文化，因此她们可以蛮横地咒骂伤害自己丈夫——哪怕这丈夫咎由自取——的女性为"淫妇"。

小说中，宋江被招安后，扈三娘奉旨征剿方腊农民起义军，在睦州阵亡。朝廷追封为她为"义节郎"。

亡宋谁知是石头

读过《水浒传》的朋友，一定对书中第十六回《智取生辰纲》的故事印象深刻。"生辰纲"揭露了贪官贪污受贿、搜刮民脂民膏的罪恶行径。而书中常常被人忽略的"花石纲"，则直接将矛头对准了皇帝，那个自号"玉清教主微妙道君皇帝"的宋徽宗。

所谓"花石纲"，就是前后相连的船队，每十条船组成一"纲"，把搜刮来的奇花异石从江南运载到京城。细细梳理，在《水浒传》中作者三次提到了"花石

纲"。

第一次是在第十二回,杨志向王伦介绍自己的经历:"洒家是三代将门之后,五侯杨令公之孙,姓杨,名志,流落在此关西。年纪小时,曾应过武举,做到殿司制使官。道君(宋徽宗)因盖万岁山,差一般十个制使去太湖边搬运花石纲,赴京交纳。不想洒家时乖运蹇,押着那花石纲,来到黄河里,遭风打翻了船,失陷了花石纲,不能回京赴任,逃去他处避难……"第二次是在第四十四回,邓飞向戴宗介绍孟康:"我这兄弟姓孟名康,祖贯是真定州人氏,善造大小船只。原因押送花石纲,要造大船,嗔怪这提调官催并责罚,他把本官一时杀了,弃家逃走。"第三次是在第一百零九回,记述"因朱勔在吴中征取花石纲,百姓大怨,人心思乱,方腊乘机造反"。

小说言及的花石纲,历史上确有其事。《大宋宣和遗事》比较完整地记述了其始末:"徽宗即位之初,皇嗣未广,有道士刘混康以法箓符水得幸,上奏:'禁城西北隅地势稍低,若加以高大,当有多男之喜。'诏增筑数仞岗阜。后来后宫果生男不绝……号做'万岁山'。多运花石妆砌,后因神降,有'艮岳排空'之语,改'万岁山'名做'艮岳'。"营造艮岳,是宋徽宗一朝最浩大的一项工程,从政和七年(1117)下诏破土动工,到宣和四年(1122)建成,共耗时五年之久,此后二十多年间还在不断修筑。艮岳方圆十余里,完全由人力打造。整个景区千岩万壑，麋鹿成群，楼观台殿，不可胜数。宋徽宗亲自撰写《艮岳记》，云："天台、雁荡、凤凰、庐阜（庐山）之奇伟，二川、三峡、云梦之旷荡，四方之远且异徒各擅其一美，未若此山并包罗列，又兼其胜绝，飒爽溟滓，参诸造化，若开辟之素有，虽人为之山，顾其小哉！"

为了建造艮岳，宋徽宗派出朱勔等宠臣，到安徽灵璧、江浙一带去开凿石料，搜寻珍贵树木和鸟兽，日夜兼程运往东京。整块运输重达数万斤的重石，破坏了沿途的桥梁、庐舍和田园，使大批百姓家破人亡，流离失所。花石纲加重了赵宋王朝的经济和政治危机，使得民怨沸腾，国力衰竭，最终金兵乘虚而入，汴京失守，宋徽宗被金兵掳走，死于北方。这个颇懂审美、酷爱奇石的皇帝，成了一个玩物丧国、丧命的典型。元代诗人郝经曾咏道："万岁山来穷九州，汴堤犹有万人愁。中原自古多亡国，亡宋谁知是石头。"

花石纲，其实是压垮赵宋王朝的一根稻草。

梁山好汉里的"花臂男"

近来，"文身男""花臂男"似乎成了热门词语，屡见于各种媒体之上。文身，亦称花绣、文绣、刺青，古已有之。譬如，水泊梁山好汉中就有七位"文身男""花臂男"。当然，还没算上因犯罪而被脸上刺字的"花脸男"，如宋江、武松等。如果连他们都算上，则有二十人之多。

按顺序，第一个出场的"文身男"是史进。《水浒传》第二回，史进登场，只见他"刺着一身青龙，银盘也似一个面皮"。史进的文身，是他父亲"请高手匠人，与他刺了这身花绣，肩臂胸膛总有九条龙，满县人口顺，都叫他做九纹龙史进"。此后，"九纹龙"这个绰号，被嵌入三个回目名中："九纹龙大闹史家村""九纹龙剪径赤松林""东平府误陷九纹龙"。第二个出场的"文身男"是鲁智深，《水浒传》中三处写到鲁智深的花绣。他因脊背刺有文身，而得绰号"花和尚"。"花和尚"这一绰号被嵌入"花和尚大闹桃花村""花和尚倒拔垂杨柳"等回目名中。按照书中所述，其他五个"文身男"分别是燕青、解宝、阮小五、杨雄和龚旺。

从位置来看，九纹龙史进的文身是在肩臂胸膛，花和尚鲁智深的是在脊背上，短命二郎阮小五是在胸前刺有"青郁郁一个豹子"。金圣叹点评说："盖寓言胸中有一段垒块。"花项虎龚旺的文身不仅遍布全身，而且刺至颈项，因而得名"花项虎"；他"浑身上刺着虎斑"，也是此人性格特点的真实写照。解宝的文身是刺在腿上，图案是双尾蝎。蝎，通常都是单尾，尾钩含有剧毒，而双尾蝎，尤毒。病关索杨雄则是"蓝靛般一身花绣"，一句话已把他"生得好表人物"的形象烘托了出来。

值得单说的是，浪子燕青的文身可谓驰名江湖，就连宋徽宗的情人李师师也听说过他的文身。燕青本来是"一身雪练也似白肉","卢俊义叫一个高手匠人，与他刺了这一身遍体花绣，却似玉亭柱上铺着软翠"。第八十一回中，燕青与李师师为打通招安环节而"周旋"，"数杯之后，李师师笑道：'闻知哥哥好身文绣，愿求一观如何？'燕青笑道：'小人贱体虽有些花绣，怎敢在娘子跟前揎衣裸体？'三回五次，定要讨看，燕青只得脱膊下来。李师师看了，十分大喜，把尖尖玉手便摸他身上"。李师师的举动吓得燕青不轻。他怕坏了招安大计，于是急忙穿好衣裳，"心生一计"，问道："娘子今年贵庚多少？"得知李师师大自己两岁后，径拜李师师为姐姐，并立即"推金山，倒玉柱，拜了八拜。那八拜，是拜住那妇人一点儿邪心"。燕青"一身遍体"文身，惹出了故事上的一番波澜，情节上也有回波转浪之妙；李师师身为京师行首，见多识广，竟被"哥哥好身文绣"所迷倒，确实也反映了宋代尚武男性文身审美之俗的流行与兴旺。

在宋元时代，尚武之人多有文身，"豪侠子弟皆务此，两臂股皆刺龙凤花草，以繁细者为胜"（明代陆容《菽园杂记》）。一百单八将中，只出现了七名"文身男""花臂男"，实在不值得大惊小怪。

取经路上，白龙马说了两回话

唐僧去西天取经的路上，白龙马可谓贡献颇大。它浑身银白，个高膘壮，一路上默默无语，不顾路途遥远，登山越岭，跋涉崎岖，驮着唐僧，最终载回真经。不过，在取经路上，白龙马并非一言没发，在紧要关口，白龙马一共说了两回话。

白龙马第一回说话，是在宝象国。唐僧逐走了孙悟空，却身遭黄袍怪所害，沙僧战败被擒，猪八戒怯阵未回。白龙马便化龙解救，变作宫娥，试图寻机刺杀妖怪，无奈技不如人，战败受伤逃脱，依旧变作白马。这时，猪八戒返回，白龙马口吐人言，诉说妖怪厉害，唐僧、沙僧都被抓去。老猪闻听，就想趁此散伙：

> 小龙闻说，一口咬住他直裰子，那里肯放，止不住眼中滴泪道："师兄啊，你千万休生懒惰！"八戒道："不懒惰便怎么？沙兄弟已被他拿住，我是战不过他，不趁此散伙，还等甚么？"
>
> 小龙沉吟半晌，又滴泪道："师兄啊，莫说散伙的话。若要救得师父，你只去请个人

来。"八戒道:"教我请谁么?"小龙道:
"你趁早儿驾云回上花果山,请大师兄孙行者
来。他还有降妖的大法力,管教救了师父,也
与你我报得这败阵之仇。"八戒道:"兄弟,
另请一个儿便罢了。那猴子与我有些不睦。前
者在白虎岭上,打杀了那白骨夫人,他怪我撺
掇师父念紧箍儿咒。我也只当耍子,不想那老
和尚当真的念起来,就把他赶逐回去。他不知
怎么样的恼我。他也决不肯来。倘或言语上略
不相对,他那哭丧棒又重,假若不知高低,捞
上几下,我怎的活得成么?"小龙道:"他决
不打你。他是个有仁有义的猴王。你见了他,
且莫说师父有难,只说师父想你哩。把他哄将
来,到此处,见这样个情节,他必然不忿,断
乎要与妖精比并,管情拿得那妖精,救得我师
父。"

白龙马这一番入情入理的劝说,终于说动了猪
八戒。

白龙马另一回说话是在朱紫国。孙悟空给朱紫国国
王医治陈年旧疾,需要马尿入药。起初,猪八戒去接,
拳打脚踢,白龙马一滴未尿。当孙悟空三人同去要尿
时:

那马跳将起来，口吐人言，厉声高叫道："师兄，你岂不知，我本是西海飞龙，因为犯了天条，观音菩萨救了我，将我锯了角，退了鳞，变作马，驮师父往西天取经，将功折罪。我若过水撒尿水中，游鱼食了成龙；过山撒尿山中，草头得味变作灵芝，仙僮采去长寿。我怎肯在此尘俗之处轻抛却也？"

后经孙悟空说明原委，白龙马叫了一声："等着！"用尽气力尿了几滴。孙悟空拿了马尿配制的乌金丹治好了国王的多年顽疾。应该说，在取经路上，白龙马的两回口吐人言，意义非同寻常。前一番言语，情真意切，打消了猪八戒散伙的念头，危难关头请回孙悟空，拯救了唐僧；第二番言语，更是合情合理，既暗示了孙悟空医术的真妙所在，也体现了白龙马善良通脱、乐于牺牲自己、拯救取经事业的高尚品格。

白龙马，不言则已，一言惊人，神马哉！

把脉开药方，孙悟空是个老中医

大家都知道，孙悟空能飞天钻地，呼风唤雨，一个跟头十万八千里，还能变这变那。实际上，孙悟空还会把脉看病，是一个医术非常高明的中医大夫。《西游记》第六十八回和第六十九回，唐僧一行来到朱紫国，朱紫国国王"沉疴伏枕，淹延日久难痊"，孙悟空自配"乌金丹"，竟治好了国王三年的顽疾。

孙悟空揭榜后，回答朱紫国众臣时，讲到："医门理法至微玄，大要心中有转旋。望闻问切四般事，缺一之时不备全。第一望他神气色，润枯肥瘦起和眠；第二闻声清与浊，听他真语及狂言；三问病源经几日，如何饮食怎生便；四才切脉明经络，浮沉表里是何般。"孙悟空的这番话，显然强调了中医"四诊合参"的重要性，难怪太医院的医官也连连称赞。国王不愿意见生人，孙悟空即进行"悬丝诊脉"。只见他"调停自家呼吸，分定四气、五郁、七表、八里、九候、浮中沉、沉中浮，辨明了虚实之端"，并做了如下分析："陛下左手寸脉强而紧，关脉涩而缓，尺脉芤且沉；右手寸脉浮而滑，关脉迟而结，尺脉数而牢。夫左寸强而紧者，中虚心痛也；关涩而缓者，汗出肌麻也；尺芤而沉者，小便赤而大便带血也。右手寸脉浮而滑者，内结经闭也；关迟而结者，宿食饮留也；尺数而牢者，烦满虚寒相持也。"孙悟空分析得头头是道，连国王听后都高声应道："果是此疾！"

孙悟空"悬丝诊脉"完毕，将国王的病症诊断为惊恐忧思，号为"双鸟失群"之症。众官不解，孙悟空便进一步解释道："有雌雄二鸟，原在一处同飞。忽被暴风骤雨惊散，雌不能见雄，雄不能见雌，雌乃想雄，雄亦想雌，这不是'双鸟失群'也？"孙悟空一下子说出了国王的病根所在，众官听罢连连喝彩："真乃神医！"原来，三年前端午节时，国王和王后等人正在御花园解粽插艾，饮菖蒲雄黄酒，看斗龙舟，一个叫"赛太岁"的妖精要国王把貌美姿娇的正宫娘娘送给他做夫人，否则，就要把满城黎民百姓吃光。国王忧国忧民，为了拯救一国百姓，只好将自己的爱人推出亭外，让那妖精掳走了。国王为此惊惧万分，把粽子凝滞在内，加上昼思夜想自己的妻子，遂得苦疾，三年卧床不起。

找出了病根，孙悟空开始对症下药。不过，大师兄神机妙算，看破太医官想探得药方的企图，他要了一个花招。孙悟空引用古人的话说："药不执方，合宜而用。"他要求太医官"全征药品"，即八百零八种中药全要，而且每味药要三斤。猪八戒一看，埋怨孙悟空说：你老兄这是"设法要开药铺哩"，"这八百八味药，每味三斤，共计二千四百二十四斤，只医一人，能用多少？不知多少年代方吃得了哩！"孙悟空告诉猪八戒："太医院官都是些愚盲之辈，所以取这许多药品，教他没处捉摸，不知我用的是哪几味，难识我神妙之方也。"你看，孙悟空是多么重视"知识产权"的保护啊。那么，孙悟空到底给国王开的什么秘方呢？

唐僧被朱紫国国王留在文华殿夜宿，当了"人质"。唐僧惊恐地对孙悟空说："徒弟啊，此意是留我做当头哩。若医得好，欢喜起送；若医不好，我命休矣。你须仔细上心，精虑制度也。"孙悟空安慰师父："师父放心在此受用，老孙自有医国之手。"随即回到驻地。在天街人静，万籁无声的大半夜，兄弟三人开始配药。在孙悟空的指点下，药终于制成了并定名为"乌金丹"。乌金丹其实只有三味药，即大黄一两、巴豆一两，还有名为"百草霜"的锅底灰半盏。

为什么要用这几味药呢？两位师弟与孙悟空有着不同见解。沙僧说："大黄味苦，性寒，无毒；其性沉而不浮，其用走而不守；夺诸郁而无壅滞，定祸乱而致太平，名之曰'将军'。此行药耳。但恐久病虚弱，不可用此。"猪八戒则劝大师兄："巴豆味辛，性热，有毒；消坚积，荡肺腑之沉寒；通闭塞，利水谷之道路，乃斩关夺门之将，不可轻用。"但是，孙悟空以其对国王病症的把握，给两位师弟讲解了用药的理由。孙悟空说："用大黄，意在利痰顺气，荡肚

中凝滞之寒热；用巴豆，为的是破结宣肠，能理心膨水胀；而用'百草霜'，为的是能调百病。"沙僧、猪八戒虽然也对药性有所了解，但在实践上显然和大师兄差了一大截。

半夜时分，三人忙着将药材去壳去膜、捶去油毒、碾成细末，然后又接来少半盏马尿，搓成三个大药丸子，名之为"乌金丹"。猪八戒和沙僧还暗中作笑："锅灰拌的，怎么不是乌金？"果然，不出孙悟空所料，国王吃了这三枚乌金丹，"不多时，腹中作响，如辘轳之声不绝，即取净桶，连行了三五次"，终于将病根——一团糯米饭块排出。国王渐觉心胸宽泰，气血调和，精神抖擞，脚力强健了。

国王病愈后，在光禄寺大摆宴席酬谢唐僧师徒四人。席间，国王道："寡人有数载忧惊病，被神僧一贴灵丹打通，所以就好了。"孙悟空笑着说道："昨日老孙看了陛下，已知是忧惊之疾，但不知忧惊何事？"国王这才把三年前端午节发生的那一幕告诉了"恩主"孙悟空。

孙悟空给朱紫国国王看病，分析脉象，头头是道；在诊断上，他强调"四诊合参"；通过"悬丝诊脉"，分析病理变化，可谓"认证无差"；在此基础之上，强调辨证施治，大胆用药，不以国王久病虚弱之象所迷惑，不为太医官奉承阿谀所影响，处方用药不畏大黄、巴豆之峻猛，妙合病机，药到病除。他从斩夺诸郁、破结宣肠入手，摒弃用人参、黄芪而图安求稳之做法。孙悟空用自己高超的医学知识治愈了国王三年的顽疾，获得"神医"的赞誉，可谓是实至名归。当然，孙悟空之所以能成为"神医"完全是得益于《西游记》的作者吴承恩。

孙猴子身上到底有多少根毫毛?

孙悟空是《西游记》的主角,在所有的神怪当中,孙猴子的"七十二变"最为耀眼。他的身外身法(分身法)、自身变幻等,都给读者留下了深刻印象。尤其是他的一身能够变幻的毫毛,更令人叹为神奇。那么,孙猴子身上到底有多少根能这样变幻的毫毛呢?这是一个有趣的问题。

孙悟空分身法的基本手段是在身上拔一根或一把毫毛,在自身外,再变出一个"自己";或是变出若干小猴来,帮助自己进行战斗。《西游记》第二回,孙悟空学成"七十二变"回到水帘洞,看到水帘洞被混世魔王霸占,便与混世魔王大战,"悟空见他凶猛,即使身外身法,拔一把毫毛,丢在口中嚼碎,望空喷去,叫一声'变!'即变作二三百小猴,周围攒簇"。第三回写孙悟空去傲来国借兵器装备众猴,但是兵器太多,孙悟空想:"我一次能拿几何?使个分身法搬将去吧。"小说接着写道:"好猴王,即拔一把毫毛,入口嚼烂,喷将出去,念动咒语,叫声'变',变作千百个小猴,都乱搬乱抢。"类似拔毛变猴的情节,小说中可谓比比皆是。

孙猴子身上有多少根这样能变的毫毛呢？《西游记》第二回给出了答案："这猴王自从得了道之后，身上有八万四千毛羽，根根能变，应物随心。"原来，这猴头身上共有84000根毫毛，而且每一根都能随心所欲变成想要的人和物。对于这一点，孙猴子自己也极为得意。在第九十回中，他用此法战胜金毛狮怪及众妖后，三个小王子极其钦佩，对着他叩头道："师父先前赌斗，只见一身，及后佯输而回，却怎么就有百十位师身？及至拿住妖精，进城来还是一身，此是什么法力？"孙悟空笑着对他们说："我身上有八万四千毫毛，以一化十，以十化百，百千万亿之变化，皆身外身

之法也。"

尽管孙悟空身上有84000根毫毛，但今天拔一根，明天拔一把，时间长了，孙猴子岂不成了"光腚猴"？且慢！孙猴子的法力还在于——毫毛用完后，只需将身子一抖，所有毫毛就会立刻收回身来，且毛发不损。第二十五回，孙悟空与五庄观道童斗吵时，"把脑后的毫毛拔了一根"，变作假悟空，陪着唐僧等挨骂，真身却跑到人参园里大闹一通。后来，"他收了铁棒，径往前来，把毫毛一抖，收上身来。那些人肉眼凡胎，看不明白"。

更有意思的是，孙悟空身上的每根毛发都法力无边，他脑后还有三根硬毛，更可谓"救命"神器。那是菩萨当年赐给他的，不到万不得已不会用它。在狮驼岭，孙悟空被装进阴阳二气瓶，生死攸关之际，他想起了观音菩萨赐给他的杨柳叶化成的救命毫毛。"正此凄怆，忽想起：'菩萨当年在蛇盘山曾赐我三根救命毫毛，不知有无，且等我寻一寻看。'即伸手浑身摸了一把，只见脑后有三根毫毛，十分挺硬。忽喜道：'身上毛都如彼软熟，只此三根如此硬枪，必然是救我命的。'即便咬着牙，忍着疼，拔下毛，吹口仙气，叫：'变！'一根即变作金刚钻，一根变作竹片，一根变作绵绳。"他用金刚钻钻破了阴阳瓶，"收了毫毛，将身一小，就变作个蟭蟟虫儿"，得以逃生。（第七十五回）

西天真经，是唐僧一路哭来的

吴承恩笔下，唐僧是一个极其善良的长者，但又十分地软弱。一部西天取经史，其实是一部唐僧的流泪史，可以说，他的真经是一路哭来的。有人统计过，在《西游记》中，唐僧一共哭了80多次。

唐僧第一次哭，是在第十三回。那时他刚出长安，行至峻岭之间，只见前面有两只猛虎咆哮，幸得那个外号叫镇山太保的猎户刘伯钦相助，搭救了性命。后来，刘伯钦告辞，"三藏闻言，滚鞍下马"，央求刘伯钦再送一程，因为到了鞑靼地界，刘伯钦未允，"三藏心惊，抢开手，牵衣执袂滴泪难分"。如果说，唐僧的第一次哭，是因为畏惧取经路上凶险太多又无人相伴，那么，有了三个徒弟之后，唐僧应该无所畏惧了吧？不然，他在取经的路上还是一直哭个不停。

第十五回里，唐僧初收孙悟空后，行至鹰愁涧时，坐骑白龙马被孽龙吃了。他束手无策，十分伤悲，说："既是它吃了，我如何前进？可怜啊，这千山万水，怎生走得？"说着说着，竟然"泪如雨落"。孙悟空见他哭将起来，哪里忍得住暴躁脾气，发声喊道："师父莫要这等脓包形么！你坐着，坐

着！等老孙去寻着那厮，教他还我马匹便了。"没想到，唐僧愣是拉着悟空不让他去，怕悟空走后，孽龙回来把自己也吃了，落个"人马两亡"的下场，气得孙悟空暴跳如雷："你忒不济！不济！又要马骑，又不放我去，似这般看着行李，坐到老罢！"所以，后来孙悟空不止一次挖苦唐僧是脓包："莫哭，莫哭，一哭便脓包形了。"

再后，第十九回，唐僧被黄风怪所擒，孙悟空寻来，"只见那师父纷纷落泪"。第二十回，唐僧被黄风怪虎先锋擒入洞中，他一边盼望徒弟相救，"一边泪如落雨"。第二十二回，行至流沙河，水怪阻路，唐僧又是"满眼下泪"。第二十五回，因孙悟空等偷吃了人参果，被镇元子擒获，唐僧只有"泪眼双垂"。第二十九回，黄袍怪要吃唐僧，孙悟空等三人在奋力勇战，可唐僧却在洞里"悲啼"。第四十三回，唐僧被红孩儿擒去，兄弟三人请来观音菩萨，收服了红孩儿，"三人径至后边，只见师父赤条条捆在院中哭哩"。再往后，只要一遇难，唐僧几乎不是"嘤嘤地哭"，就是"悲泣""啼泣"，或是"放声大哭"，甚至"战战兢兢"浑身瘫软，全无一点儿男人气概。有的时候，他哭得甚至有点莫名其妙。第三十六回，唐僧来到宝林寺，寺里的和尚不肯留宿，唐僧也"满眼垂泪，欲待要哭，又恐那寺里的老和尚笑他，只得暗暗扯衣揩泪"。有一次，他半夜起来解手，患了个头疼感冒的小病，也哼哼唧唧

地"含泪"写信向唐太宗大诉其苦。（第八十一回）

唐僧是个一心向善的圣僧，也是一个平凡之人。俗言道：男儿有泪不轻弹。唐僧却一遇困难就哭鼻子，也从一个侧面反映出了他软弱的性格。

王母娘娘过生日都请了谁？

每年农历的三月初三是王母娘娘的生日。这天，玉帝和王母娘娘要在天宫大摆宴席，邀请天上、人间、十洲三岛的各路神仙前来赴会。宴席上除了佳肴珍品、琼浆玉液外，还有王母娘娘亲自培育、吃了可以长生不老的蟠桃。所以，王母娘娘的生日宴会又叫蟠桃会。

王母娘娘过生日，玉皇大帝都要出席，规格当然不低。那么，谁有资格受到邀请参加蟠桃会呢？《西游记》第五回中，王母娘娘身边的仙女向我们描述了参加蟠桃会人员的情况："上会自有旧规。请的是西天佛老、菩萨、圣僧、罗汉，南方南极观音，东方崇恩圣帝、十洲三岛仙翁，北方北极玄灵，中央黄极黄角大仙，这个是五方五老。还有五斗星君、上八洞三清、四帝、太乙天仙等众，中八洞玉皇、九垒、海岳神仙，下八洞幽冥教主、注世地仙。各宫各殿大小尊神，俱一齐赴蟠桃嘉会。"由此可见，王母娘娘生日宴会的阵容是多么强大。参加蟠桃会的条件是是否在天宫领取俸禄。当年，孙悟空即因属于编制外的"无禄人员"，没有资格参加蟠桃会而大闹天宫，最后被如来压在五行山下，受了五百年折磨。

　　蟠桃会上的来宾都是贵客，王母娘娘在这天也要装扮一新，神采奕奕，满面春风地接受各路神仙的拜寿祝福。王母娘娘和玉帝端坐中央，宫娥仙子边歌边舞，各路神仙也纷纷献上自己的拿手好戏。王母娘娘的蟠桃会一般在天宫的瑶池举办，这里也是王母娘娘的居住处所，所以王母娘娘又称瑶池金母。《西游记》第五回中，孙悟空骗赤脚大仙，说给王母娘娘祝寿的仪式改在通明殿举行，赤脚大仙就疑惑地问："常年就在瑶池演礼谢恩，如何先去通明殿演礼，方去瑶池赴会？"可

见，连神仙都习惯了在瑶池举行蟠桃会。

王母娘娘的生日宴宾客规格高，也非常有排场："琼香缭绕，瑞霭缤纷。瑶台铺彩结，宝阁散氤氲。凤翥鸾翔形缥缈，金花玉萼影浮沉。上排着九凤丹霞扆，八宝紫霓墩。五彩描金桌，千花碧玉盆。桌上有龙肝和凤髓，熊掌与猩唇。珍馐百味般般美，异果嘉肴色色新。"（第五回）这么丰盛的宴席，不禁让天蓬元帅多喝了几杯，竟然"扯住嫦娥要陪歇"（第十九回），结果，"依律问成该处决"。幸有太白金星讲情，免于死罪，重打两千锤，贬出天庭，不小心错投了猪胎，成了猪八戒。沙僧本是天宫卷帘大将，只因在蟠桃会上"失手打破玉玻璃"，玉帝便怒生嗔，将他"卸冠脱甲摘官衔，将身推在杀场上"。（第二十二回）多亏赤脚大仙"越班启奏"，卷帘大将才被饶过一死，贬谪到流沙河受罪。说实话，这般场合还是不去的好，可王母娘娘的生日宴谁又会拒绝参加呢？

沙僧举报：猪八戒偷藏私房钱

取经路上，每逢遇险，猪八戒动不动就想着"分行李散伙"。当然，这家伙也有自己的小心眼儿，一路上竟背着师父及师兄弟三人藏了些私房钱。那么，猪八戒到底藏了多少私房钱？私房钱又藏在了哪里？这个桥段可以在《西游记》第七十六回中找到。

孙悟空巧妙战胜三魔头后，二魔不服输，率三千小妖前来挑战。孙悟空故意撺弄猪八戒前去迎战。结果，猪八戒被二魔捉住，"得胜回洞"。三魔出主意："且捆了，送在后边池塘里浸着。待浸退了毛，破开肚子，使盐腌了晒干，等天阴下酒。"结果，众妖怪一起下手，把猪八戒"四马攒蹄捆住"，扛扛抬抬，扔进了池塘里。孙悟空在猪八戒被捉时，早已变作蟭蟟虫，"钉在八戒耳朵根上"。此时此刻，面对池塘里半浮半沉的师弟，孙悟空是"又恨他，又怜他"，恨的是"他动不动就分行李散伙"，还常常撺掇师父念紧箍咒咒他；怜的是他们毕竟是师徒四人，且有取经重任在肩。孙悟空想救他，却又想起前几天沙僧曾告诉他猪八戒攒私房钱的事，于是有意要捉弄老猪一番。

孙悟空冒充五阎王派来的"勾司人"，飞到猪八戒耳边，"假捏声音"，要立刻勾走这呆子去见阎王。猪八戒突然想起，五阎王和师兄孙悟空很有交情，欲让"勾司人"明日再来。哪知"勾司人"道："阎王注定三更死，谁敢留人到四更！"然后又说："我先去勾别人，但得需要点儿盘缠，若无盘缠，立刻用追命绳捆上你。"猪八戒一听，本不想拿出钱来，但保命要紧。

他忙呼："有！有！有！有便有些，只是不多。""勾司人"道："在那里？快拿出来！"猪八戒不情愿地说道："我自做了和尚，到如今，有些善信的人家斋僧，见我食肠大，衬钱比他们略多些儿，我拿了攒在这里，零零碎碎有五钱银子。因不好收拾，前者到城中，央了个银匠煎在一处，他又没天理，偷了我几分，只得四钱六分一块儿。你拿了去吧。"猪八戒道出实情，五钱银子确实攒得不容易，况且还让银匠偷扣了几分，只剩得四钱六分。

孙悟空见猪八戒"裤子也没得穿"，不知道他把私房钱藏在何处，便道："咄！你银子在哪里？"猪八戒忙说："在我左耳朵眼儿里揾着哩。我捆了拿不得，你自家拿了去罢。"孙悟空伸手在猪八戒左耳朵眼儿里摸出来一看，果真是块儿"马鞍儿银子"，掂了掂，"足有四钱五六分重"，忍不住哈哈大笑起来。猪八戒一听是孙悟空的声音，在水中大骂："天杀的弼马温！"孙悟空说："老孙保师父，不知受了多少苦难，你倒攒下私房！"八戒委屈地说，"这都是他牙缝里省出来，"留了买匹布儿做件衣服"用的。猪八戒为求悟空救命，只好让孙悟空把私房钱悉数收起归公。

作为一个"四大皆空"的清贫和尚，猪八戒藏私房钱的故事，令人捧腹。但这段描写，一方面着力刻画了猪八戒自私、贪财的形象，另一方面也衬托出孙悟空的神勇机智、活泼可爱。

啥事让孙悟空常常哭鼻子?

细读原著,常常会发现一些有趣的问题,例如《西游记》中的人物无论男女都爱哭。据统计,全书中"哭"字和"泪"字共出现392次,平均一回书要哭4次。最爱哭的人当然非唐僧莫属(参见前文《西天真经,是唐僧一路哭来的》),一路上哭了80多次。那么,排名第二的是谁?说出来大家可能不敢相信,竟是手舞千钧棒、降妖伏魔的齐天大圣孙悟空,在书中他前后共哭过26次,其中第七十七回哭得最多,共5次。

《西游记》一开场,孙悟空便和众猴稀里哗啦地大哭了一场。第一回,美猴王出世,统率群猴,朝游花果山,暮宿水帘洞,"享乐天真,何期有三五百载"。然而,"一日,与群猴喜宴之间",美猴王却"忽然忧恼,堕下泪来"。群猴不解,猴王解释,所忧虑的是生命无常,今日虽自由自在,但是总有年老体弱之时,今日愈是欢喜,来日的死亡愈是令人伤感。"众猴闻此言,个个掩面悲啼。"为长远计,孙猴子决心擦干眼泪,毫不犹豫离开花果山的舒适生活环境,立志"远涉天涯","学一个不老长生,常躲过阎君之难"。孙猴子的这一决定,得到了众猴的"鼓掌称扬"。

俗话道：男儿有泪不轻弹。孙悟空虽是堂堂“大英雄”，心痛伤感时也难免泪流满面。第二回，美猴王拜了菩提祖师当老师，修身养性“在洞中不觉倏六七年”，学得了菩提祖师独传的长生之术以及七十二般变化，并习得了能翻十万八千里的筋斗云。一天，在大众的撺掇下，他“卖弄手段”，变成了一棵松树，遭到祖师的斥责，并将他赶走。“悟空闻听此言，满眼堕泪道：‘师父，教我往那里去？’祖师道：‘你从那里来，便从那里去就是了。’”“满眼堕泪”，说明孙悟空伤心至极。

第七十三回，孙悟空哭了两回。师徒四人“行过黄花观歇马”，却遭到百眼魔君和七个蜘蛛精的毒害。孙悟空逃出黄花观，“将尾巴上毛捋下七十根”变作七十个小行者，将那七个蜘蛛精“尽情打烂”“脓血淋淋”，不料却被百眼魔君施展招数，败退二十余里。孙悟空哭了，他只觉得“力软筋麻，浑身疼痛，止不住眼中流泪，忽失声叫道：‘师父啊！’”这一声哭喊，道出了孙悟空无力招架多目怪的无奈与心痛。随后，孙悟空“即欠身揩了眼泪”，在黎山老母的指点下，请来了紫云山千花洞的毗蓝婆降怪。见到唐僧三人中毒后“吐痰吐沫”，孙悟空心疼得第二次流下眼泪：“行者垂泪道：‘却怎么好？却怎么好？’”

第八十三回，孙悟空、猪八戒和沙僧被白鼠精用障眼法骗了，唐僧和白龙马被擒。孙悟空见得半截马缰绳，"止不住眼中流泪"，"正是那：见鞍思骏马，滴泪想亲人"。这回书中的孙悟空之哭，完全是为了唐僧生命之虞而担忧心痛，表达了他对师父的一片真心。

取经路上，一路折腾，但孙悟空不忘初心，对师父唐僧更是剖肝沥胆。但是当唐僧误会孙悟空以致使他感到委屈时，纯真憨厚的孙悟空只能以泪洗面，伤心不已。

第二十七回，孙悟空三打白骨精，唐僧却错怪他"一连打死三人"，执意要驱逐他。孙悟空见唐僧不肯转意回心，只好接过贬书，要拜别师父。谁知唐僧却"转回身不睬"，孙悟空无奈"使个分身法，把脑后毫毛拔了三根"，"即变了三个行者，连本身四个，四面转住师父下拜"。这时，孙悟空哭了，"噙泪叩头辞长老，含悲留意嘱沙僧"。辞别师父，他"独自个凄凄惨惨，忽闻得水声聒耳"，原来是东洋大海潮的声响，孙悟空又想起唐僧，"止不住腮边泪坠，停云住步，良久方去"。孙悟空的这两次哭，分明是孩子被父母误解时的委屈伤心。

第三十四回，孙悟空遭受了一次胯下之辱。为救师父，他化成平顶山莲花洞的小妖，要磕头拜见金角银角的压龙山压龙洞老母亲，就"脱脱的哭起来"了。为什么而哭？原著写道："莫成是怕他？就怕也便不哭。况先哄了他的宝贝，又打死他的小妖，却为何而哭？他当时曾下九鼎油锅，就炸了七八日也不曾有一点泪儿。只为想起唐僧取经的苦恼，他就泪出痛肠，放眼便哭。心却想道：'老孙既显手段，变做小妖，来请这老怪，没有个直直的站了说话之理，一定见他磕头才是。我为人做了一场好汉，止拜了三个人：西天拜佛祖；南海拜观音；两界山师父救了我，我拜了他四拜。……今日却教我去拜此怪。若不跪拜，必定走了风汛。苦啊！算来只为师父受困，故使我受辱于人！'"孙悟空一生就跪拜过佛祖、观音和唐僧，如今要跪拜老妖怪，岂不是辱没了自己？想到此，孙悟空岂有不哭之理？

孙悟空不怕火炼，但火眼金睛独怕烟熏。第四十一回，孙悟空在与昔日把兄弟牛魔王之子红孩儿交战中，红孩儿"将一口烟劈脸喷来"，孙悟空着了道，昏迷过去。醒转过来，想起一路上保护唐僧的艰辛和受到的伤痛，"止不住泪滴腮边"。第五十六回、五十七回，孙悟空再次被唐僧误解驱逐。孙悟空省悟，去南海找观音菩萨诉苦。一见到菩萨，孙悟空便"止不住泪如泉涌，放声大哭"。菩萨劝道："莫哭，莫哭，我与你救苦消灾。"孙悟空一边说，一边"垂泪""噙泪"，待菩萨说"你那师父顷刻之际，就有伤身之难，不久便来寻你"时，孙悟空才止住哭声，"侍立于宝莲台下"。孙悟空的忠心耿耿，换来的却是唐僧的"背义忘恩"，"皂白不辨"，英雄好汉只能"泪如泉涌，放声大哭"了。

更令人怜悯的是，第七十七回中，孙悟空竟然一连哭了五场。在狮驼洞听猪八戒说："师父没了，昨夜被妖精夹生儿吃了。"闻听此言，孙悟空"忽失声泪似泉涌"，一哭也。为落实真伪，他又找到沙僧，岂料沙僧也说师父被妖精吃了，孙悟空"听得两人言语相同，心如刀绞，泪似流水"，二哭也。他顾不得救援猪八戒和沙僧，"回至城东山上，按落云头，放声大哭"，三哭也。后来，到了如来佛祖那里，一见面就哭了，"倒身下拜，两泪悲啼"，四哭也。汇报完毕，孙悟空又一次"泪如泉涌，悲声不绝"，五哭也。

孙悟空一路上为唐僧鞍前马后、降妖除怪，大显英雄本色。但是，取经路上处处险境，孙悟空自己也多次身陷绝境，在孤立无援、生死考验、功败垂成之时，他也多次因感到悲哀和绝望而流下眼泪。所谓"出师未捷身先死，长使英雄泪满襟"之叹是也。

第三十三回，孙悟空被银角大王压在三座大山之下，"寸步不能举移"，绝望中，孙悟空叹罢，"那珠泪如雨"。第五十一回，孙悟空的金箍棒被青牛"亮灼灼、白森森"的圈子套将去了，赤手空拳的齐天大圣败下阵来，不由得"扑梭梭两眼滴泪"，随哭随发出"岂料如今无主杖，空拳赤脚怎兴隆"的哀叹。第六十五回，在小雷音的厮杀中，黄眉老怪用褡包捉走了猪八戒、沙僧和二十八星宿及五方揭帝诸神，孙悟空跳上九霄，保全了性命。他独自一人，"滴泪想唐僧""悲嗟忽失声"。第六十六回，孙悟空从武当山请来的五龙神和龟、蛇二将，又被黄眉老怪用褡包装将去了，孙悟空又哭了，"不觉对功曹滴泪"。

第七十五回，孙悟空身陷阴阳宝瓶，百般腾挪，不得脱身，瓶内火焰烧软了他的孤拐，孙悟空"心焦道：'怎么好？孤拐烧软了，弄做个残疾之人了。'忍不住掉下泪来"。第八十六回里，孙悟空哭了两回。先是在隐雾山折岳连环洞，唐僧被妖怪用"分瓣梅花计"掳走了，孙悟空发现上当后，哭了，"止不住腮边泪滴"。倒是猪八戒提醒他："一哭就脓包了！"后来，老怪用柳树根做的假人头来骗孙悟空他们，被孙悟空一眼识破。再后来，妖怪拿了一个真人头冒充是唐僧的人头，孙悟空一见，"认得是个真人头"，以为师父真被妖怪给吃了，"没奈何就哭，八戒、沙僧也一齐放声大哭"。

孙悟空为师父安危而哭，为自己命运多舛而哭，为孤立无援而哭，也为无奈绝望而哭。他哭的是真性情，流的是英雄泪，令人同情爱怜，使人动容动情。第三十一回，孙悟空变作百花公主，哭得梨花带雨。只见他见了那妖怪，"设法哄他，把眼挤了一挤，扑簌簌泪如雨落，儿天儿地的，跌脚捶胸，于此洞里嚎啕痛哭"。果真哭得那妖怪乖乖拿出一颗舍利子内丹，要给"公主"治疗"心疼"，却被孙悟空一口吸入肚里。第四十四回，孙悟空变化成道士，解救车迟国的五百僧人时，为了戏演得逼真，他"扯住"两个监工的道士"滴泪"，说是来寻自幼出家的叔父，哄得两个道士竟然信以为真。上述这两次"假哭"情节，既反映出了孙悟空的机智和神勇，又表现了他对弱势群体的体恤和扶贫济弱的善心。

从总体上看，孙悟空骨子里是一个典型的乐观主义者，在艰辛的取经路上，他始终保持着乐观的态度，以苦为乐，苦中作乐。用第六十六回中日值功曹的话说，他是"人间之喜仙"。《西游记》中孙悟空的这26次哭，对孙悟空鲜活的人物形象塑造，有着积极的、不可替代的作用。也许这鲜活的人物形象正是《西游记》能取得较高艺术造诣、流芳百世的原因之一吧。

唐僧：九个脚趾走完取经路

在众人心目中，唐僧一直是一个英俊潇洒、方脸大耳、满脸善相的人物形象。这一点从取经路上也可以窥见端倪。他一路上备受美女妖精的青睐，可谓人见人喜、妖见妖爱。然而，鲜有人注意的是，一表人才的唐僧竟然只有九个脚趾。

唐僧母亲殷温娇怀孕三个月时，丈夫陈光蕊被水贼所害，自己也被水贼刘洪强行霸占。屈从水贼三个月后，有一天刘洪公事远出，殷温娇生下一子，就是后来的玄奘唐僧。生子之时，殷温娇忽然听见"耳边有人嘱曰"："刘贼若回，必害此子，汝可用心保护。"果然，刘洪回来，"一见此子，便要淹杀"。殷温娇无奈，只好推说："今日天色已晚，容将明日抛去江中。"第二天一早，刘洪忽有紧急公事远出，殷温娇暗想："此子若待贼人回来，性命休矣！不如及早抛弃江中，听其生死，倘或皇天见怜，有人救得，收养此子，他日还得相逢。"但她又想到，将来"恐难以识认，即咬破手指，写下一纸血书，将父母姓名、跟脚原由，备细开载"。为将来相认时有"记验"，殷温娇还狠心"将此子左脚上一个小指，用口咬下"。然后，她将儿子抱到江边,将其安在木板上,用带缚住,推放进了江中。

为了方便将来母子相认,殷温娇不惜忍痛咬下儿子的左脚小脚趾作为"记验",表达了殷温娇作为母亲对儿子深深的爱意和不舍以及对未来母子相逢的深切期待。这段故事详见《西游记》第八回和第九回之间的"附录"一章。不过,故事到此还没有完结:金山寺的法明和尚救了木板上的婴儿,因而给他取了个名字叫"江流",并把他抚养成人。江流长到18岁,长老为他"削发",并为他取了个法名,叫"玄奘"。

后来,玄奘化缘寻母,来至江州。按书中的说法叫作"也是天教他母子相会"。这天玄奘来至私衙门口,殷温娇见他与丈夫模样相像,便问起玄奘身世。玄奘一一作答,但殷温娇仍不敢确认,问玄奘有何凭据,玄奘哀哀大哭,说有血书和汗衫为证。为避刘洪回来,母子约定改日在金山寺相见。某天,在金山寺法堂上,母子俩再次相见,见法堂上没别人,殷温娇"叫他(玄奘)脱了鞋袜看时,那左脚上果然少了一个小指头",母子俩"又抱住而哭"。后来,殷温娇的父亲殷丞相发兵将刘洪擒住,绑缚法场,为女儿一家复了仇,玄奘一家人得以重新团聚。不过,令人唏嘘的是,就在唐僧母子团聚、又寻见祖母、父亲陈光蕊复活的大喜日子里,他的母亲殷温娇却"从容自尽"。

唐僧的一生经历了九九八十一难,上述情节是

"八十一难"中的第三难和第四难，即菩萨弟子记录唐僧"灾愆患难"记录簿上所写的"满月抛江第三难，寻亲报冤第四难"（第九十九回）。唐僧以九个脚趾的残疾之身，用十四年的时间，历尽千难万险走完了十万八千里的取经之路，其精神可嘉，其毅力可叹，其意志可赞。就凭这一点，唐僧也堪称西天取经的"大英雄"。

白骨精一干女妖都是小脚

和《红楼梦》几乎从不描写女性足部不同，《西游记》对女妖的纤足或步态，有细致的描写。通过诗歌等形式的描绘，我们可以了解到一个有趣的现象，即《西游记》里的女妖们，都是缠过小脚的。

小脚，又称"莲"，是封建社会戕害妇女的一种劣习。"莲"根据缠的大小不同，名称不同，大于四寸的称为"铁莲"，四寸的叫"银莲"，三寸及以下的称"金莲"或"三寸金莲"。《西游记》里的女妖，几乎个个都是花容月貌，但又个个都是"三寸金莲"。第二十七回关于白骨精出场的描述是："翠袖轻摇笼玉笋，湘裙斜拽显金莲。汗流粉面花含露，尘拂蛾眉柳带烟。"飘逸的湘裙下显露出一双金莲，可见白骨精是一个小脚女妖。

第五十九回，牛魔王的妻子罗刹女铁扇公主听说孙悟空要来借用芭蕉扇，便"整束出来"。只见她"头裹团花手帕，身穿纳锦云袍。腰间双束虎筋绦，微露绣裙偏绡。凤嘴弓鞋三寸，龙须膝裤金销。"铁扇公主的一双脚不但是三寸小脚，而且还缠成弓背，是名副其实的"金莲"。第六十回，牛魔王的小妾玉面公主是"妖娇

倾国色，缓缓步移莲”，“湘裙半露弓鞋小”。见到孙悟空，玉面公主吓得“魄散魂飞，没好步乱蹁金莲”。可知玉面公主也是小脚。第六十四回，唐僧与十八翁等谈诗，杏仙出现，但见她生得“青姿妆翡翠，丹脸赛胭脂。星眼光还彩，蛾眉秀又齐。……弓鞋弯凤嘴，绫袜锦拖泥。妖娆娇似天台女，不亚当年俏妲姬”。这个美貌堪比妲己的杏仙，穿着凤嘴弓鞋，无疑也是“三寸金莲”。第八十二回，金鼻白毛老鼠精摆上素果素菜筵席，要“指天为媒，指地作订”，与唐僧结亲。这老鼠精长着一副貌比嫦娥的“美人姿”，“一对金莲刚半折，十指如同春笋发。团团粉面若银盆，朱唇一似樱桃滑”。真难想象的是，半拃长的小脚女妖，是如何同孙悟空鏖战，“大战三百回合”的。

更有趣的是，书中连外国女王也是小脚。第五十四回，猪八戒眼中的西梁女国女王，是个“说甚么昭君美貌，果然是赛过西施。柳腰微展鸣金佩，莲步轻移动玉肢”的模样。第七十二回，唐僧一行碰见“三个女子在那里踢气球”，但见那三个姑娘“飘扬翠袖，摇曳缃裙。飘扬翠袖，低笼着玉笋纤纤；摇曳缃裙，半露出金莲窄窄”。虽然是小脚，可她们踢起球来，却是花样繁多：“形容体势十分全，动静脚跟千样蹁。拿头过论有高低，张泛送来真又楷。转身踢个出墙花，退步翻成大过海。轻接一团泥，单枪急对拐。明珠上佛头，实捏来尖拏。窄砖偏会拿，卧鱼将脚搓。平腰折膝蹲，扭顶翘跟踹。扳凳能喧泛，披肩甚脱洒。绞裆任往来，锁项随摇摆。踢的是黄河水倒流，金鱼滩上买……版篓下来长，便把夺门搪。踢到美心时，佳人齐喝采。一个个汗流粉腻透罗裳，兴懒情疏方叫海。"又是头球、传中，又是破门，小脚女妖踢的什么球？下文说是"蹴鞠"，蹴鞠就是足球。

不用多解释，单从这段描写，你就知道，小脚女妖这场足球踢得有多精彩了。

贾宝玉因何随地大小便？

元宵节那晚，贾宝玉悄悄回到怡红院，为了不打扰袭人和鸳鸯说话，出来后"宝玉便走过山石之后站着撩衣，麝月、秋纹皆站住背过脸去，口内笑说：'蹲下再解小衣，仔细风吹了肚子。'后面两个小丫头子知是小解，忙先出去茶房预备去了。这里宝玉刚转过来，只见两个媳妇子迎面来了。"这是《红楼梦》第五十四回中描写贾宝玉"小解"的一个细节。令人不可思议的是，饱读诗书、锦衣玉食的贾宝玉，为什么竟然在大观园里随地撩起衣服就小便？原因恐怕只有一个，就是偌大个园子内只有一个厕所，还处在偏僻的东北角上。

大观园有多大呢？据第十六回中贾蓉介绍说："从东边一带，借着东府里花园起，转至北边，一共丈量准了，三里半大。"也就是说，大观园的每个边长起码有875米，占地面积最少也有0.76平方公里。大观园内的小姐、公子、奶娘、丫鬟、婆子等等，少说也有几百人。这么大的园子，这么多人，仅有的一处厕所显然是不够用的。况且，这一处厕所，曹雪芹也没有明说，只是在第四十一回中有所暗指：刘姥姥二进大观园，由于贪吃贪喝，闹起了肚子。"刘姥姥觉得腹内一阵乱响，忙的拉着一个小丫头，要了两张纸就解衣"，想要就地解决。结果被众人喝止，"忙命一个婆子带了东北角上去了"。后来，众人等她未回，都笑道，"别是掉在茅厕里了"，忙派人去找。作者只是在这里暗示大观园的东北角上有一处"茅厕"。

由于厕所少，不仅贾宝玉随地小便，大观园内的女孩子们也经常这样不拘小节解决内急。第二十七回中，林红玉替凤姐办完事来回话，在山坡上找不到凤姐，却见"司棋从山洞里出来，站着系裙子"。站在洞口系裙子，明显是暗示司棋刚刚在山洞里解决完问题。在《红楼梦》中，像司棋这样就地方便的女孩子还不止她一个。第七十一回中，鸳鸯在一个"微月半天"的夜晚，"此时园内无人来往"，"偏生又要小解，因下甬路，寻微草处，行至一湖山石后大桂树阴下来"，正欲蹲下方便，却"只见两个人在那里"闪回躲藏。鸳鸯认出是司棋，起初"只当她和别的女孩子也在此方便，见自己来了，故意藏躲恐吓着耍"，谁知，原来是撞着了司棋和她表哥。这就是这回书的回目上所说的"鸳鸯女无意遇鸳鸯"。

以上几处例子，让人不免有些疑问，贾府为迎接元春省亲，大肆铺张建筑大观园，银子花得难以数计，为何不多建几个厕所呢？以至于，那一个个姿态各异的山洞本是曲径通幽处，里面却成了藏污纳垢的地方；一块块山石本都纵横拱立、藤萝掩映，却成了人们随地大小便的"好去处"。曹雪芹先生致力于追求笔触雅致，可能有意避讳茅厕，那么，大观园内的贾母、夫人和小姐们又是如何如厕的呢？另外，如果大观园内只有东北角一处厕所，贾府里为何还有个"圊厕行（清扫厕所的部门）"？这都为人们留下了一个大大的谜团。

林黛玉的生日是二月十二花朝节

怡红院内，划拳行令，一一唱曲，"花团锦簇，挤了一厅的人"，"呼三喝四，喊七叫八。满厅中红飞翠舞，玉动珠摇，真是十分热闹"，"你一杯，我一杯，直喝到四更时分，一坛酒喝光了，才身子不支胡乱倒在一起睡下"。这是在干什么？原来这是《红楼梦》第六十二回对贾宝玉过生日的场景描述。

一年十二个月中，人口众多的贾府几乎每个月都有几个过生日的。宝玉过生日，恰逢宝琴、岫烟、平儿也是这天生日。集体生日过完后，晚间，姑娘们又凑份子单独给宝玉庆生，"这些人因贾母、王夫人不在家，没了管束，便任意取乐"。探春觉得很有意思，便算起她们各人的生日来，她说："倒有些意思，一年十二个月，月月有几个生日。人多了，便这等巧，也有三个一日，两个一日。大年初一也不白过，大姐姐占了去，怨不得他福大，生日比别人就占先。又是太祖太爷的生日。过了灯节，就是老太太和宝姐姐，他们娘儿两个遇的巧。三月初一日是太太，初九日是琏二哥哥。二月没人。"贾府中二月里真的没有人过生日吗？错！

花袭人接着探春的话说："二月十二是林姑娘，怎

么没人？就只不是咱家的人。"宝玉笑着指着袭人说："他和林妹妹是一日，所以他记得。"原来，林黛玉和袭人是一天的生日，都是二月十二，至此探春才恍然大悟："原来你两个倒是一日。"探春数生日，一月、三月的都记得，连死去已久的太祖、太爷的都记得，大老爷那边贾琏的也记得，同样"不是咱们家的"薛宝钗的也记得，袭人是个丫鬟不记得倒也罢了，为什么单单就记不起常常和自己一起玩耍的林黛玉的生日呢？这只能说明，林黛玉来到贾府几年，从来没人做主为她过一个像样的生日，因此，就无怪乎连"敏探春"这位贾府三小姐也想不起来了。

林黛玉的生日不只探春不记得，薛姨妈也忘了。林黛玉在贾府唯一的一次过生日是在第八十五回，借着给贾政升任郎中庆贺之时，贾母一高兴，便在自己屋里摆了四桌酒席，并让黛玉坐在上首。薛姨妈不解，问道："今日林姑娘也有喜事么？"贾母笑道："是她的生日。"薛姨妈道："嗨，我倒忘了。"大家摆酒听戏。其中《蕊珠记》的一出《冥升》唱道："人间只道风情好，哪知道秋月春花容易抛，几乎不把广寒宫忘却了。"这出《冥升》其实是林黛玉悲剧到来前的渲染。

有意思的是，林黛玉虽然遭到了贾府的冷遇，但是作者却安排给她一个好生日——二月十二。二月十二是个什么日子？原来，我国民俗以二月十二日为百花生日，称为"花朝节"。花朝节，也称花神节、花神生日、百花生日、挑菜节。节日期间，人们结伴到郊外游览赏花，姑娘们剪五色纸粘在树枝上，称为赏红，以此纪念百花生日。花朝节由来已久，春秋时《陶朱公书》中就有记载："二月十二为百花生日，无雨百花熟。"南宋杨万里《诚斋诗话》也有"二月十二为花朝"的说法。作者选择花朝节作为林黛玉的生日，暗喻林黛玉是百花之神。很显然，《红楼梦》里的三次"葬花"，都是林黛玉悲剧结局的隐射。《葬花吟》里的"质本洁来还洁去""一抔净土掩风流"，也完全成了林黛玉的自挽歌。

一个荷包引发的"血案"

荷包，是一种随身佩戴，盛装金钱银两、香料及其他小物品的小包，一般挂于腰间，也称为腰包、香袋、香囊、锦囊等，清朝时女子有时也将荷包挂于衣襟上角纽扣处。荷包这个小物件多次出现在《红楼梦》中，有着极强的象征意义。就是这小小荷包还曾在大观园内引发了一场"血案"，导致贾府鸡飞狗跳、走向没落。

荷包的历史悠久，最初的用途是行军时士兵用来"储食物"，实际上就是士兵的干粮袋。到了后来，荷包的使用范围就极为广泛了。清阮葵生《茶余客话》记道："三代时，以韦为袋，盛算子及小刀、磨石等。魏易龟袋。唐四品官给随身鱼袋，在官为褒袋饰，没则收之。"就《红楼梦》中所写，荷包的功用起码有以下几种。

一是放金银锞子及钱币。第五十三回写贾母除夕受礼，直到"两府男女、小厮、丫鬟"依次行礼毕，"然后散了押岁钱，并荷包金银锞子等物"。荷包送人，不可送空包，一般要在囊内放点金银锞子什么的，这是民间习俗。第四十二回写鸳鸯检点送刘姥姥的东西，有这么几句话："'这是两个荷包，带着顽罢。'说着便抽系子，掏出两个笔锭如意的锞子来给他瞧，又笑道：'荷包拿去，这个留下给我罢。'"后来，刘姥姥说"姑娘只管留下罢"，而鸳鸯则说："哄你顽呢，我有好些呢。留着年下给小孩子们罢。"可见，荷包的功用，首先是装钱的。

二是装香料或零食。第三十回中，贾宝玉在林黛玉那讨了个没趣，跑到他妈妈王夫人那里。盛夏之际，王夫人正在午睡。丫头金钏在一旁捶腿。贾宝玉见她可爱，便从荷包里掏出零食，把一粒香雪润津丹往金钏嘴里一塞。两人调笑间，王夫人并没睡着，一个巴掌、一顿臭骂，金钏被轰出贾府。后来她走投无路，跳井自杀了。第四十三回，贾宝玉去水月庵祭金钏，他叫焙茗买檀、芸、降等好香。焙茗说买不到，并提醒道："我见二爷时常小荷包有散香，何不找找？"一句话提醒了贾宝玉，他忙摸摸荷包，"竟有两星沉速，心内欢喜"。"沉速"是香名。多亏这两小块"沉速"，让宝玉在水月庵中完成了对金钏的祭拜，自此心安。

荷包的囊面上，会刺绣、绘染上各种图案，有些图案还可以作为性启蒙教材。古时新娘出阁前，母亲都给女儿的荷包囊面上绣上春宫图案，作为一种含蓄的性教育。可这种荷包在大观园里出现，就惹出了大事。一个"什锦春意香袋"竟引发了贾府里一场内斗的"血案"。

第七十三回中，年方十四五岁的傻大姐，在园内掏蛐蛐，不料在"山石背后得了一个五彩绣香囊"，上面"却是两个人赤条条的盘踞相抱"。傻大姐以为是"两个妖精打架"或"两口子相打"。正要拿给贾母看，路上却撞见了邢夫人。封建家长哪容许这种东西存在，遂组织一干人马闹了一出抄检大观园的轩然大波来。经抄检，这荷包很可能是表弟潘又安送给表姐司棋的信物。此后，司棋被逐出大观园，无辜的丫鬟晴雯、入画也被赶出，贾府自此日渐没落。第九十二回，潘又安发财回家，意欲迎娶司棋，无奈司母不同意，司棋撞墙身亡，潘又安也殉情自尽。

贾府女人头上爱戴花

明清时代，贵族妇女的首饰是十分讲究的。但是，《红楼梦》里对贾府女人佩戴金银首饰的描写却不多且不详细，而对女子头上戴花的描述倒是十分具体。贾府女人不仅喜爱佩戴时令鲜花，无花季节还经常佩戴假花以为妆饰。

贾府里的女人包括贾母在内，都是爱戴时令鲜花的，平时都有鲜花备用。第四十回，贾母两宴大观园，刘姥姥也随同前往。其间就写到了戴花的细节：

只见贾母已带了一群人进来了。李纨忙迎上去，笑道："老太太高兴，倒进来了。我只当还没梳头呢，才撷了菊花要送去。"一面说，一面碧月早捧过一个大荷叶式的翡翠盘子来，里面盛着各色的折枝菊花。贾母便拣了一朵大红的簪于鬓上。因回头看见了刘姥姥，忙笑道："过来带花儿。"一语未完，凤姐便拉过刘姥姥来，笑道："让我打扮你。"说着，将一盘子花横三竖四的给他插了一头。贾母和众人笑的不住。刘姥姥笑道："我这头也不知

修了什么福，今儿这样体面起来。"

从这段描写可以看出，贾母专拣一枝大红菊花戴在发间，而刘姥姥因为戴上菊花便觉得"体面起来"，这都说明，鲜花是贾府女人头上妆饰的重要物品。第四十四回中，贾琏的爱妾平儿在宝玉处，依照贾宝玉提供的"紫茉莉花种"粉和"配了花露蒸叠成"的胭脂化妆，"果然见鲜艳异常，且又甜香满颊"，随后，"宝玉又将盆内的一枝并蒂秋蕙用竹剪刀撷了下来，与他簪在鬓上"，这是贾府女人爱戴鲜花的又一例证。

当然，在无花季节，贾府女人只能戴假花了。第七回写周瑞家的去回王夫人话，王夫人去了薛姨妈处，周瑞家的赶到薛姨妈处，回了王夫人话，正想着退出去，薛姨妈突然喊住她。薛姨妈唤出香菱，让她"把那匣子里的花儿拿来"。等香菱"那边捧了个小锦匣子来"，薛姨妈对周瑞家的说道："这是宫里头的新鲜样法，拿纱堆的花儿十二枝。昨儿我想起来，白放着可惜了儿的，何不给他们姊妹们戴去。昨儿要送去，偏又忘了。你今儿来得巧，就带了去罢。你家的三位姑娘，每人一对；剩下的六枝，送林姑娘两枝，那四枝给了凤姐儿罢。"后来，凤姐把自己四枝中的两枝送了秦可卿，到林黛玉房中时，只剩了两枝。贾宝玉一看来送花，便先问："什么花儿？""一面早伸手接过来了。开匣看时，原来是宫制堆纱新巧的假花儿。"

中国古代的女子向来重视头面妆饰，簪、钗、钏、珥等不一而足。而头上插花，也不是明清妇女所特有的爱好，历代女子无不皆然。这是她们热爱生活、追求美的自然流露。当然，《红楼梦》中对其他首饰也并非未着一字。第八十九回，贾宝玉到潇湘馆看望林黛玉，见黛玉"头上挽着随常云髻，簪上一枝赤金扁簪，别无花朵"。贾宝玉结婚时，贾府送到薛家的过礼就有金项圈、金珠首饰"共八十件"（第九十七回）；抄没贾府时，就有"赤金首饰一百二十三件，珠宝俱全"（第一百零五回）被登记。只是不明白，善于细致描写衣饰的曹雪芹先生，为什么对贾府女人的首饰惜墨如金呢？

林黛玉那只会背诗词的鹦鹉

贾府里养了不少鸟，这在林黛玉初进大观园时就有描写："正面五间上房，皆雕梁画栋，两边穿山游廊厢房，挂着各色鹦鹉、画眉等鸟雀。"（《红楼梦》第二回）林黛玉住的潇湘馆里也有一只善解人意的鹦鹉，这只鹦鹉不仅伴着凄苦的林黛玉，以灵巧的"学舌"带给林黛玉一些生活的情趣，而且能声情并茂地大段背诵《葬花吟》。

第三十五回，林黛玉手扶紫鹃回到潇湘馆，"一进院门，只见满地下竹影参差，苔痕浓淡，不觉又想起《西厢记》中所云'幽僻处可有人行，点苍苔白露泠泠'二句来，因暗暗的叹道：'双文，双文，诚为命薄人矣。然你虽命薄，尚有孀母弱弟；今日林黛玉之命薄，一并连孀母弱弟俱无。古人云佳人命薄，然我又非佳人，何命薄胜于双文哉！'一面想，一面只管走……"这段是对环境和林黛玉心情的描写。

这时候，曹雪芹安排"鹦鹉"出场了："不防廊上的鹦哥见林黛玉来了，嘎的一声扑了下来，倒吓了一跳，因说道：'作死的，又扇了我一头灰。'那鹦哥仍飞上架去，便叫：'雪雁，快掀帘子，姑娘来了。'黛

玉便止住步，以手扣架道：'添了食水不曾？'那鹦哥便长叹一声，竟大似林黛玉素日吁嗟音韵，接着念道：'侬今葬花人笑痴，他年葬侬知是谁？试看春尽花渐落，便是红颜老死时。一朝春尽红颜老，花落人亡两不知！'黛玉、紫鹃听了都笑起来。紫鹃笑道：'这都是素日姑娘念的，难为他怎么记了。'"鹦鹉能学人言，大家都知道，但这只鹦鹉能模仿林黛玉的口吻背诵这么一大段《葬花吟》，确实够神奇的。一来是说这只鹦鹉乖巧伶俐，二来也暗示林黛玉多少个日日夜夜都在反复吟诵这首词，竟让鹦鹉都倒背如流了。接下来，"无可释闷"的林黛玉，"便隔着纱窗调逗鹦哥作戏，又将素日喜爱的诗词也教与他念"。

还是这只鹦鹉，在第八十九回又"闪亮登场"了一次。林黛玉偷听到紫鹃、雪雁悄悄说宝玉定亲的传言，不禁伤心欲绝。"正说到这里，只听鹦鹉叫唤，学着说：'姑娘回来了，快倒茶来！'倒把紫鹃、雪雁吓了一跳，回头并不见人，便骂了鹦鹉一声，走进屋内。只见黛玉喘吁吁的刚坐在椅子上，紫鹃搭讪着问茶问水。"鹦鹉的叫唤，打断了紫鹃、雪雁的低声议论。它是多么善解人意啊！因为它怕主人林黛玉听到两人谈话而悲伤，才出声制止了两人的谈话。

曹雪芹为什么要精心地设计一只鹦鹉挂在潇湘馆的廊架上呢？后汉人祢衡文才颇高，只因顷刻间写出了一篇"文无加点、词采甚丽"的《鹦鹉赋》，而惨遭黄祖嫉恨杀害，英年早逝。后人多用此典喻指"才高命夭"。"鹦鹉更谁赋，遗恨满芳洲"（王以宁《水调歌头·呈汉阳使君》），曹雪芹肯定熟稔这个典故，所以用一只能背诵《葬花吟》的鹦鹉来喻指林黛玉才高命薄，正是他的良苦用心。

一说起鹦鹉，就让我们想起了潇湘馆里的林妹妹。

贾宝玉一天给她改了四次名

芳官，是《红楼梦》里的一个小人物。她原本姓花，姑苏姑娘。她本是贾府买来的戏班子成员，与龄官、蕊官、藕官、豆官、宝官、文官、茄官、菂官、艾官、玉官、葵官并列贾府梨香院中的十二女伶。戏班子解散后，贾母又把她分配到怡红院。芳官到了怡红院，由于聪明伶俐，善解人意，长得又漂亮，装扮另类，有一派男孩作风，因此深得贾宝玉的喜爱。

贾宝玉对芳官关爱有加，不仅把她当作自己的替身，还把她打扮成男孩样，给她起男性名字，甚至还给她起了个洋名。《红楼梦》第六十三回，"寿怡红群芳开夜宴"后，贾宝玉回到怡红院，见芳官梳了头，"挽起髻来，戴了些花翠"。宝玉却叫芳官改妆，"又命将周围的短发剃了去，露出碧青头皮来，当中分大顶"，让芳官从头到脚照土番儿打扮。贾宝玉一看，还果真有模有样，说："芳官之名不好，竟改了男名才别致。"叫什么名字才更男性化呢？贾宝玉建议改为"雄奴"，芳官一听，觉得十分称心。为了让芳官更像一个小土番儿，贾宝玉又为芳官起了个"耶律雄奴"的"犬戎名姓"。这时，"一干女子"到了怡红院，"忽听宝玉叫

'耶律雄奴'，把佩凤、偕鸳、香菱三人笑一处"。于是，"大家也学着叫这名字，又叫错了音韵，或忘了字眼，甚至于叫出'野驴子'来，引得合园中人凡听见无不笑倒"。贾宝玉怕众人拿"野驴子"的外号取笑、作践芳官，急忙又为她取了个洋名字："海西弗朗思牙，闻有金星玻璃宝石，他本国番语以金星玻璃名为'温都里纳'。如今将你比作他，就改名唤叫'温都里纳'可好？"芳官一听，更是满心欢喜，"因此又唤了这名"。然而，"众人嫌拗口，仍翻汉名，就唤'玻璃'"。"耶律雄奴"从字面上看，有称颂四海、宾服天下的含义；而"温都里纳"一词，按照已故红学家周汝昌的说法是："金星玻璃一名殆指芳官资质之美，今略与西洋女郎有某种相似之处。"

一天之内，贾宝玉为芳官改了四次名字，从"芳官"到"雄奴"又到"耶律雄奴"，为避谐音不雅，再改为"温都里纳"，进而又翻译回汉语称之为"玻璃"。芳官算得上《红楼梦》里被改名字最多的一个人了。贾宝玉为芳官改名，在大观园内引起了连锁反应。史湘云把自己的丫鬟葵官"也扮了个小子"，并给她改名为"大英"，暗含"唯大英雄能本色"之意；宝琴的丫鬟豆官也被打扮成小童模样，一副装扮颇似"戏上的一个琴童"，原来有人叫她豆官或阿豆，也有叫她"炒豆子"的。宝琴嫌"琴童""书童"等名太俗，认为"竟是豆字别致，便唤作'豆童'"。为芳官改名，对贾宝玉而言是一种难以言述的满足。试想，将一个如花似玉的女孩加以亲手塑造，装扮成那种自己向往又难以企及的模样，是多么惬意的一件事。可以说，贾宝玉和芳官是心心相印、同声同气的。两个人可以同桌吃饭、同杯饮酒、同榻睡觉，甚至打扮上也"倒像是双生的弟兄两个"。

　　旧社会认为，改名字能改变命运，芳官被改了四次名，换来的却是随之而来的厄运。芳官遭人陷害，王夫人将她逐出大观园。她不甘心再被干娘买卖，便跟水月庵的智通出家去了。

二十把扇子让他丢了老命

如果为《红楼梦》中的道具做一个排行榜，第一名恐怕非扇子莫属。扇子在《红楼梦》中几乎无处不在。作为道具，扇子在书中对丰富人物性格，推动情节发展，有着不同凡响的作用。如第二十七回的"滴翠亭杨妃戏彩蝶"，第三十回的"宝钗借扇机带双敲"，第三十一回的"撕扇子作千金一笑"，都是有关扇子的大回目。更需一提的是，第四十八回中，"爱扇成癖"的石呆子竟因为扇子而丢了老命，酿成了一桩千古血泪冤案，更是书中重点描写扇子的回目。

书中没有对石呆子的故事进行正面描写，而是通过平儿对宝钗叙述而得。石呆子，是个诨号。他一生喜爱收藏古扇，尽管"穷的连饭也没的吃"，还是坚持收藏了二十把"原是不能再有的""旧扇子"。这些扇子，按贾琏对贾赦的说法，"全是湘妃、棕竹、麋鹿、玉竹的，皆是古人写画真迹"。可见这些古扇精品价值之高，珍贵无比，所以，石呆子是"死也不肯拿出大门来"。

按照平儿介绍，这年春天，贾赦看中了几把古扇，家中所藏扇子就都不入他的眼了。于是，他命家人四处

搜求。得知石呆子藏有古扇的信息后，贾赦吩咐儿子贾琏找到石呆子，要出重金购买。哪知爱扇如命的石呆子执意不卖，说："我饿死冻死，一千两银子一把，我也不卖！""要扇子，先要我的命！"扇子买不来，气得贾赦天天大骂贾琏"没能为"。

这时候，贾雨村出场了。"谁知雨村那没天理的听见了，便设了个法子，讹他（石呆子）拖欠了官银，拿他到衙门里去，说所欠官银，变卖家产赔补，把这扇子抄了来，作了官价送了来。"为虎作伥的贾雨村，为讨好贾赦，竟然以权谋私，动用官府，诬陷良民，强行将石呆子的心爱之物掠夺而来。贾赦还恬不知耻地责问贾琏："人家怎么弄了来？"贾琏实看不过老爹这种巧取豪夺的行径，便抢白了一句："为这点子小事，弄得人坑家败业，也不算什么能为！"谁知贾琏的话，正戳中贾赦的痛处，他气不打一处来，就把贾琏"混打一顿，脸上打破了两处"。

后来，锦衣卫奉旨抄没贾家时，贾赦作为主犯，以"交通外官，依势凌弱，辜负朕恩，有忝祖德"的罪名，被革去世职（第一百零五回），最终落得个"致使枷锁扛"，流放千里之外去充军的下场。不过，根据《癸酉本石头记》（即《吴氏石头记增删试评本》）后二十八回的相关描述，贾赦的结局有所不同：查抄贾府时，官卒随即查出贾赦犯有以下罪行：买官升迁、无理霸占石呆子古扇。他后被获罪流放至大庾岭，在流放途中便染病而亡了。

实际上，早在书中第五回的《红楼梦》十二曲《收尾·飞鸟各投林》中就已经为贾府的衰亡预先敲响了丧钟：“为官的，家业凋零；富贵的，金银散尽；有恩的，死里逃生；无情的，分明报应；欠命的，命已还；欠泪的，泪已尽。冤冤相报实非轻，分离聚合皆前定。欲知命短问前生，老来富贵也真侥幸。看破的，遁入空门；痴迷的，枉送了性命。好一似食尽鸟投林，落了片白茫茫大地真干净。”

真想对贾赦说，这叫作报应。

尤二姐死于一张夺命药方

《红楼梦》中的尤二姐头脑简单，性格单纯，但举止轻浮。嫁于贾琏为妾后，饱受凤姐及秋桐的折磨凌辱。最后，她吞金自杀。那么，究竟是谁害死了尤二姐？王熙凤？贾琏？秋桐？平儿？红学界一直众说纷纭。单说，直接导致尤二姐死亡的，是胡太医的一张夺命药方。

《红楼梦》第六十九回，尤二姐本是一个"花为肠肚，雪作肌肤"的女子，受不了王熙凤、秋桐的气，便"四肢懒动，茶饭不进，渐次黄瘦下去"，恹恹地得了病。一天，尤二姐哭着对贾琏说："我这病便不能好了。我来了半年，腹中已有身孕，但不能预知男女。倘天见怜，生了下来还可；若不然，我这命就不保，何况于他！"贾琏也掉下眼泪，说："你只放心，我请明人来医治。"于是，他派小厮请来了太医胡君荣。

胡太医草草诊脉看了一下，便说是"经水不调，全要大补"。贾琏急忙提醒他说："已是三月庚信不行，又常作呕酸，恐是胎气。"胡君荣听了，又装模作样地诊了半天脉，还是坚持自己的判断，认为"若论胎气，肝脉自应洪大。然木盛则生火，经水不调亦皆因由

肝木所致"。随后，胡太医恬不知耻地提出，要尤二姐"将金面略露露"，以便他"观观气色，方敢下药"。贾琏求医心切，无奈只好"将帐子掀起一缝，尤二姐露出脸来"。不料，这胡太医一见尤二姐的花容月貌，竟"魂魄如飞上九天，通身麻木，一无所知"。太医见了美女魂不守舍，哪里还能观色而辨证施治呢？随后贾琏陪他出来，问是如何。庸医胡君荣只好顺口答道："不是胎气，只是瘀血凝结。如今只以下瘀血、通经脉要紧。"于是，这胡太医胡乱地写了一张虎狼之剂的药方，仓皇离去。

岂知贾琏命人"抓了药来"，让尤二姐"调服下去"，"只半夜，尤二姐腹痛不止，谁知竟将一个已成形的男胎打了下来"。明明尤二姐自知"腹中已有身孕"，贾琏也提醒说，她已有三个月没来庚信，"恐是胎气"，可胡君荣这个披着太医外衣的衣冠禽兽，还是"擅用虎狼之剂"，岂不是明摆着要害人之命吗？需知那个"已成形的男胎"是尤二姐的命根子，"倘天见怜，生了下来还可；若不然，我这命就不保"，就这样被庸医、恶医胡君荣随意扼杀了。这对一个"温和怜下"的女人无疑是毁灭性的摧残。

当夜，尤二姐心下自思："胎已打下，无可悬心。何必受这些零气，不如一死，倒还干净。"她挣扎着起来，打开箱子，找出一块生金，"含泪便吞入口中"。第二天早上，丫鬟急推房门进来看时，见尤二姐"穿戴的齐齐整整，死在炕上"。停灵期间，贾琏揭开衾单一看，"只见这尤二姐面色如生，比活着还美貌"。可怜的尤二姐，就这样惨死在胡太医的一张夺命药方上。

自尤二姐进大观园后，王熙凤这个"凤辣子"借秋桐之手，百般虐待尤二姐，致使尤二姐元气大伤，"病已成势，日无所养"；一张药方又让她备受凌厉攻伐和失子之痛。

第二辑

不是那回事儿

谁让关羽使上了青龙偃月刀？

"关公门前耍大刀"这句俗语，大家都耳熟能详，它的意思和"班门弄斧"差不多，是说一个人不自量力，在行家面前卖弄。那么，为什么在关公门前耍大刀，就是不自量力了呢？因为小说《三国演义》里的关羽就是擅使大刀——青龙偃月刀的大英雄。

在《三国演义》第一回里，关羽的这口大刀便出现了。刘、关、张桃园三结义之后，便开始召集人马、打造兵器，准备干一番事业。"云长造青龙偃月刀，又名冷艳锯，重八十二斤。"后来，关羽斩华雄、战吕布用的是它，斩颜良、诛文丑用的是它，过五关斩六将用的是它，古城会擂鼓斩蔡阳靠的也是它。再有著名的"单刀赴会"，关云长一口大刀在手，深入险境，威慑"江东群鼠"，使鲁肃的计谋破产，这把大刀更是发挥了不可替代的作用。"青龙偃月刀"的形象深入人心。人们一想起关羽，就想起了这把刀，"关公面前耍大刀"这一俗语也应运而生。

青龙偃月刀重达82斤，关羽却运斤成风。你在他面前耍大刀，岂不是丢人现眼、自不量力吗？且慢！历史上的关羽从来没有用过什么青龙偃月刀。从《三国志·关羽传》的记载来看，关羽的兵器并不是什么大刀，而是矛，和张飞的"丈八蛇矛"差不多。《关羽传》在记叙杀颜良一战时写道："（关）羽望见（颜）良麾盖，策马刺良于万众之中。"这里用的是一个"刺"字，而"刺"一般就是用来说矛。东汉郑玄为《周礼·考工记》作注："刺兵，矛属。"意思是说，用来刺击的兵器，属于矛这一类。《三国志·鲁肃传》中倒是有一个"刀"，那是鲁肃邀请关羽商谈关于荆州

的划分时，"各驻兵马百步上，但诸将军单刀俱会"。但是，这里的刀是指佩刀，也不是关羽冲锋陷阵的兵器。再说，大刀中的"偃月刀"是在唐宋时代才出现的，它的刀刃是半月形，所以叫作偃月。这种刀在三国时代还没出现，关羽本事再大，舞动几百年后才出现的偃月刀，也是匪夷所思的。

关羽的这口大刀是哪里来的？是罗贯中送给他的吗？不是。最早记载关羽用刀的是梁陶弘景的《刀剑录》，文中写到关羽曾"不惜身命"打了两把刀，铭曰"万人"。关羽战败后，把这两把刀，投入了水中。不过，这种刀一打就是两把，所以很可能也是属于短刀的一种。到了宋代，关公终于用上了大刀。宋代刘豫任济南知府，"金兵薄济南，守将关胜善用大刀，屡战兀术。金人贿豫诱胜杀之"（王象春《齐音》）。当时，民间普遍认为，大刀关胜是关羽的后裔："大刀关胜，岂云长孙？云长义勇，汝其后昆。"既然关胜使大刀，他的先辈肯定也是使用大刀的好手了。到了元代，关公的大刀在元杂剧和《三国志平话》里，便发挥得淋漓尽致了。关云长单刀劈四寇，以及斩颜良、挑锦袍、闯五关、斩蔡阳、单刀赴会等等，每一次英雄壮举都没离开过这口大刀。元代关帝庙中的关公像已是长刀红马，和《三国演义》中的描述差不多了。

"过五关"，关公走了多少冤枉路？

《三国演义》中描写关公关云长最精彩的篇章之一莫过于"过五关斩六将"了。按照书中描述，关羽一度被曹操所擒，在得知兄长下落后，拜辞曹操，护送甘、糜二夫人，前往河北寻找兄长刘备。从许昌出发，沿途经过东岭关、洛阳、汜水关、荥阳和滑州五处曹营城关，斩了把关拦路的孔秀、孟坦、韩福、卞喜、王植和秦琪六员魏将，终于得过黄河。

《三国志》里没有这段故事，《三国志平话》和元杂剧里也没有，看来这段故事是罗贯中自己杜撰出来的。可一杜撰，破绽就出来了。明明四百里的路程，竟让关羽他老人家走成了"千里迢迢"。五关中的第一关"东岭关"是历史上不知名的小地方，后面四关在历史上确有其地。其中，洛阳即今洛阳市附近，汜水关和荥阳都在今荥阳附近，滑州并不是东汉、三国时的地名，而是唐朝以后才有的地名，当时应该叫作"东郡"或"白马"。这四个地方，从地图上看，基本上是沿着黄河由西向东一字排开。其中洛阳、汜水关、荥阳均位于许昌的西北面，而滑州则位于许昌的东北面。

关公从河南中部的许昌出发，前往河北找刘备，直接往东北方向是最近的，或者绕一些小弯路也正常。这一带没有高山峻岭，直线距离也就四百里左右。《三国演义》里的关公是怎样走的呢？首先，出了许昌，他傻乎乎地朝着西北方向猛跑，在东岭关"只一回合，钢刀起处，孔秀尸横马下"后，"即请二夫人车仗出关，往洛阳进发"。（第二十七回，下同）洛阳在中岳嵩山西北，同许昌隔了群山，许是关二爷过了第一关，"被胜利冲昏了头脑"，放着平路不走，却一路西行，径往洛阳"进发"。及至到了洛阳，杀了孟坦、韩福，自

己左臂也中了一箭，又"恐人暗算"，这才折返东行，"连夜投氾水关（有版本作'沂水关'，沂水在山东，按此会害得关羽一行人跑得更远了——笔者注）来"。在氾水关，守将卞喜被关公一劈两半。然后关公"护送车仗，往荥阳进发"。在荥阳，关公又杀了韩福的亲家荥阳太守王植，最后到达滑州斩了秦琪，才得以渡过黄河，来到了袁绍的地盘。

罗贯中不知是怎么想的，平白无故地让关羽走了这么一条迂回曲折、风险重重而又毫无必要的道路。罗贯中写道："关公所历关隘五处，斩将六员，后人有诗叹曰：'挂印封金辞汉相，寻兄遥望远途还。马骑赤兔行千里，刀偃青龙出五关。忠义慨然冲宇宙，英雄从此震江山。独行斩将应无敌，今古留题翰墨间。'"本来四百里的路程，却来了个"马骑赤兔行千里"，不知罗贯中是地理常识不足，还是有意为之。

当然，看小说较不得真儿。但是古代小说家常常东拉西扯，弄出一些"穿帮"情节来，这肯定不是一个好传统。今日文学家们更当以此为戒。

曹植何曾写过《七步诗》?

　　《三国演义》第七十九回写了这样一个故事:曹操去世,曹丕嗣位,而曹植却躲在临淄,竟一不来奔丧,二不来朝贺,于是曹丕派大将许褚将曹植捉到邺城,欲杀之。其母卞氏闻讯哭至殿前,为曹植求情。曹丕碍于母命,指着墙上一幅水墨画要求曹植七步之内吟诗一首,否则就要"从重治罪,绝不姑恕"。岂料曹植"行七步,其诗已成"。曹丕又说:"七步成章,吾犹以为迟。"又命曹植以"兄弟"为题"应声而作诗一首",曹植不假思索,口占一首:"煮豆燃豆萁,豆在釜中泣。本是同根生,相煎何太急。"曹丕闻诗,潸然泪下,免去曹植死罪,但是贬了曹植为安乡侯。这段故事可谓家喻户晓,妇孺皆知。

　　《三国演义》里的这个桥段取材于历史上的两部笔记小说集,一是南朝宋人刘义庆的《世说新语》,一是编纂于宋太平兴国年间的《太平广记》。《世说新语·文学》说,文帝令东阿王七步中作诗,不成者行大法,(曹植)应声便为诗一首:"煮豆持作羹,漉豉以为汁。萁在釜下燃,豆向釜中泣。本是同根生,相煎何太急。"这首《煮豆诗》本为六句,头三句何时演化成

"煮豆燃豆萁"一句，无定说。《太平广记》卷一三七"曹植"条说，文帝曾与曹植同辇出游，逢见两牛在墙间斗，一牛不如，坠井而亡。曹丕令曹植赋《死牛诗》，不得道是牛，亦不得云是井，不得言其斗，不得言其死，走马百步，成四十言。步尽不成，加斩刑。植策马而驰，遂揽笔赋诗："两肉齐道行，头上带横骨。行至坳土头，峍（lù）起相唐突。二敌不俱刚，一肉卧土窟。非是力不如，盛意不得泄。"赋成，步犹未竟，重作《煮豆诗》。小说家罗贯中将这两个传说附会在一起，置于同一环境，大加渲染，竟使世人皆以为是。

据《三国志·陈思王植传》记载：曹操死后，"文帝即王位，诛丁仪、丁廙并其男口，植与诸侯并就国"。这就是说，曹丕即位后，诛杀了曹植亲信丁仪、丁廙及全家，曹植与已被封侯的弟兄们才各自回到自己的封地。既然是曹操去世、曹丕即位时曹植仍在鄄城，就不存在不奔丧、不朝贺之事，当然也就没有"七步诗""应声诗"之事了。再者，《死牛诗》低俗无华，形同打油，可以断定不是曹植所作。第三，曹植在曹丕称帝后，他说过许多拍马屁的可怜话，如"明明天子，时笃同类，不忍我刑，暴之朝肆，违彼执宪，哀予小子"之类，他哪有胆量敢在众目睽睽之下作出如此尖刻的诗。

倒是有一件事可能与此有些关联。《三国志》载：

"黄初二年，监国谒者灌均希旨，奏'植醉酒悖慢，劫胁使者'。有司请治罪，帝以太后故，贬爵安乡侯。"黄初二年，曹丕称帝第二年，监国谒者灌均人品卑劣，想奏曹植一本，治罪于他。而曹丕"以太后故"，只是贬曹植为安乡侯了事。

为关羽刮骨疗毒者不是华佗

华佗为关羽刮骨疗毒的故事，可谓家喻户晓、妇孺皆知。然而，把《三国演义》中这精彩绝伦的一幕和历史实际一比照，就会发现，关羽刮骨疗毒时，华佗早已被曹操杀害七八年。那么，究竟是谁为关羽刮骨疗毒的呢？

先看《三国志·关羽传》中对刮骨疗毒的记载："羽尝为流矢所中，贯其左臂，后创虽愈，每至阴雨，骨常疼痛。医曰：'矢镞有毒，毒入于骨，当破臂作创，刮骨去毒，然后此患乃除耳。'羽便伸臂令医劈之。时羽适请诸将饮食相对，臂血流离，盈于盘器，而羽割炙引酒，言笑自若。"

"刮骨疗毒"这件事发生在刘备占领益州之后，称汉中王之前，也就是建安十九年（214）到建安二十四年（219）之间，此时关羽还没有攻打樊城。而实际上，早在建安十三年（208），也就是赤壁大战那一年，华佗就已经被曹操杀害，华佗哪能在死后多年为关羽刮骨疗毒呢？从《三国志》的原文可以看出，关羽"刮骨疗毒"确有其事，但文中的"医"无名无姓，极有可能就是一位普通的随军医生。另外，《三国志·华佗传》中列举了13个病例，其中有广陵太守陈登、甘陵相夫人，也有郡守、府吏、督邮、县吏、军吏，还有东阳陈叔山的两岁小儿以及不知姓名的路人和士大夫，却独独没有关于关羽的只言片语。由此可见，为关羽做手术者绝不是神医华佗。

那么，《三国演义》为什么偏偏要将华佗起死回生，让他来为关羽刮骨疗毒呢？

先回顾一下书中对这一事件的描述。第七十五回，关羽攻打樊城，曹仁召集五百弓弩手，"一齐放箭"，关羽中箭，翻身落马。关平将其救回寨中，"拔出臂箭"，无奈"毒已入骨，右臂青肿，不能运动"。此事

被华佗得知，赶来医治。关羽正与马良下棋，华佗给出医疗方案："当于静处立一标柱，上钉大环，请君侯将臂穿于环中，以绳系之，然后以被蒙其首。吾用尖刀割开皮肉，直至于骨，刮去骨上箭毒，用药敷之，以线缝其口"。没想到，关羽却哈哈大笑："如此，容易！何用柱环？"于是，华佗用尖刀割开皮肉，"用刀刮骨，悉悉有声。帐上帐下见者，皆掩面失色"。而关羽却"饮酒食肉，谈笑弈棋，全无痛苦之色"。缝好伤口后，关羽大笑而起，说："此臂伸舒如故，并无痛矣。先生真神医也！"华佗也称赞关羽："某为医一生，未尝见此。君侯真天神也！"

一个圣手"神医"，一个悍勇"天神"，华佗与关羽此一番交集，使得二人形象均大放异彩，生色不少。罗贯中把死去多年的"神医"华佗，嫁接到"天神"关羽的刮骨疗毒情节中，既突出了华佗的高明医术，又明显地将关羽的勇猛形象提升得更为高大。只可惜历史上那位本来就默默无闻的随军医生，却永远丢失了"神医"的光环，成了作者"拥刘抑曹"的牺牲品，再也无人知晓他为关羽刮骨疗毒的"神奇事迹"了。

关羽何曾"温酒斩华雄"?

《三国演义》第五回里有一首诗："威震乾坤第一功，辕门画鼓响咚咚。云长停盏施英勇，酒尚温时斩华雄。"该诗赞颂的是关羽主动请缨"温酒斩华雄"的豪举。然而，历史真相是，关羽未曾斩华雄，斩华雄者另有其人。

按照小说第五回的描写，十八路诸侯兴兵讨伐董卓，大队人马浩浩荡荡，直扑汜水关。谁知刚一交战，华雄"手起刀落"，便将董卓部将鲍忠"斩于马下"，并"生擒将校极多"。"江东猛虎"长沙太守孙坚迎战，也"败于华雄之手"。华雄乘胜继续挑战，又连斩盟军两将。众人束手无策之际，关羽挺身而出："小将愿往斩华雄头，献于帐下！"曹操教"酾热酒一杯"，催关羽饮下后去迎战。谁知关羽却说，酒先斟上放着，我去便来。说着，关羽"出帐提刀，飞身上马"。"众诸侯听得关外鼓声大振，喊声大举，如天摧地塌，岳撼山崩，众皆失惊。"接下来便是："鸾铃响处，马到中军，云长提华雄之头，掷于地上。"然后作者又补上一句："其酒尚温。"

这段关羽"温酒斩华雄"的故事，虽只有寥寥数

语，写得却是惊心动魄。关云长的凛凛神威也在读者心中留下了深刻印象：他"身长九尺，髯长二尺，丹凤眼，卧蚕眉，面如重枣，声如巨钟"的英雄形象也展示在公众面前。然而，关羽"威振乾坤第一功"的"温酒斩华雄"，历史上的真实情况却并非如此。华雄，史上倒是确有此人，但一刀斩下他首级的不是关羽，而正是那位所谓吃了败仗的"江东猛虎"孙坚。

据《三国志·吴书一》记载，孙坚起兵参加讨伐董卓之战，不料到梁东遭到董卓大举进攻，孙坚只得"与数十骑溃围而出"。孙坚脱离险境后，很快又收拢士卒，组织反击，"合战于阳人（城）"。正是在这一次反击战中，孙坚"大破卓军，枭其都督华雄等"。枭，在古汉语中是"悬其首级示众"的意思。所以，真正斩华雄的英雄是孙坚，跟关羽没有关系。

《三国演义》的作者惯于"张冠李戴"，遂将斩华雄的英雄壮举安在了关羽身上。明明是孙坚大败董卓军，斩杀了华雄，却写成他被华雄杀得大败，"坚军乱窜"，不得已与亲信部将祖茂互换衣饰，吸引走敌人，才"从小路得脱"，而部将祖茂却把自己性命搭上，被华雄"一刀砍于马下"。小说这样写，无疑是把关羽的形象衬托得更加光彩夺目，但对于历史上孙坚这位"江东猛虎"来说，不免有些太过委屈。

孙坚，是春秋时期军事家孙武的后裔。史载他"容貌不凡，性阔达，好奇节"，曾参与讨伐黄巾军和董卓的战役。后与刘表作战时中暗箭阵亡。因他曾官至"破虏将军"，时称"孙破虏"。大名鼎鼎的孙权是他的儿子，孙权称帝后，不忘父恩，追谥他老爹为"武烈皇帝"。

一部《三国演义》虚虚实实、真真假假。吊诡的是，一个历史上本来不怎么突出的武将关羽，被一步步推向了神勇无敌、义贯千秋的神坛。勇斩华雄、为吴国大业奠基的孙坚倒变成了惯打败仗、临阵逃脱的胆小鬼。叹哉！

刘备的江山真是哭来的?

俗话说，男儿有泪不轻弹。但细心的读者会发现，小说《三国演义》中，刘备这个堂堂男儿却是个例外。从头到尾，他哭了至少二十多回。难怪民间有"刘备的江山是哭来的"一说。好哭，动不动就哭，是刘备在读者心目中的一个印象。当然，历史的真相肯定并非如此。

小说中的刘备到底是为何事而哭，又是如何哭的?第三十六回，徐庶告辞，"刘备闻言大哭"，"说罢，泪如雨下""玄德哭曰""凝泪而望"。刘备这一哭，倒真打动了徐庶。他走后又骑马回来，向刘备力荐了"卧龙"诸葛亮。第三十八回，刘备三顾茅庐，诸葛亮不肯出山，"玄德泣曰：'先生不出，如苍生何！'言毕，泪沾袍袖，衣襟尽湿"。这一哭，果然让诸葛亮备受感动并应允了他。第四十一回，刘备率百姓逃离樊城，"玄德于船上望见，大恸曰：'为吾一人而使百姓遭此大难，吾何生哉！'"遂欲投江而死，被左右拦下。"船到南岸，回顾百姓，有未渡者，望南而哭"。第四十二回，赵云怀抱阿斗在千军万马中冲杀而出，见了刘备，下马伏地而泣，"玄德亦泣"。紧接着，就是刘备"掷子于地"的情节。

小说中写刘备之哭的情节还有很多，庞统、关羽、张飞被害，他伤心至极，痛哭不已；送别张松，"玄德举酒酌松曰：'甚荷大夫不外，留叙三日；今日相别，不知何时再得听教。'言罢，潸然泪下。"（第六十回）在第五十五回中，刘备在东吴招亲，"入见孙夫人，暗暗垂泪"，"言毕，泪如雨下"。"玄德看了，急来车前泣告孙夫人曰：'备有心腹之言，至此尽当实诉。'"依依难别之情，溢于言表。尤其是，第五十六回，鲁肃向刘备讨还荆州，刘备按照诸葛亮安排，演出了一场"苦情"剧：鲁肃欲求归还荆州，刘备"闻言，掩面大哭"，并且"哭声不绝"。诸葛亮佯装解释，不料"触动玄德衷肠，真个捶胸顿足，放声大哭"。鲁肃见刘备"如此哀痛"，讨荆州一事也只好作罢。

在罗贯中笔下，刘备的哭，是其"仁"的流露，是其"义"的表现，更是其"善"的渲染。所以，后来毛宗岗在《三国演义》里批注说："先主从来善哭，先主基业，半以哭而得成。"所谓"刘备的江山是哭来的"一说，窃疑即源自毛宗岗此说。

实际上，历史上真实的刘备却是一个不爱哭的"天下枭雄"（《三国志·鲁肃传》）。根据裴松之注所做的"大数据"表明：魏蜀吴三国的创业之君，都曾因某种原因而哭泣过。当然，夺冠者不是刘备，而是那位"慨当以慷"的曹操，他一共哭了14回；"亚军"是江东霸主孙权，前后哭了13次，仅比曹操少一次；而哭鼻子最少的，反而是人们心目中"最爱哭"的刘备，一共有6次，还不及曹操、孙权的一半。可以说，刘备的江山不是哭来的，而是奋斗出来的。

罗贯中欲把刘备塑造成一个以仁义取天下的"仁爱之君"，但是一味地让刘备哭个不停，也使得刘备的形象大打折扣，正如鲁迅先生所说"至于写人，亦颇有失，欲显刘备之长厚面似伪"（《中国小说史略》）。

刘备的国号不叫"蜀"

在中国的历史长河中，"三国时期"只有短短六十年，但这段历史很热闹、很有趣，吸引了后世众多的读者。然而，若问三国指的哪"三国"，恐怕大多数人都会脱口而出：魏、蜀、吴。真实情况却是，刘备称帝时，宣布他所建立国家的国号为"汉"，且压根儿未曾叫过"蜀"。

那么，究竟是何人、何时将刘备国号"汉"误为"蜀"，并流传至今呢？这个问题如若追究，自然要追溯到《三国志》的作者陈寿头上。陈寿是三国时期蜀地巴西安汉（今四川南充）人，诸葛亮死时，他才两岁。他写《三国志》时把《三国志》分为三部分：魏书、蜀书、吴书。后又经《三国演义》及其他民间文艺不断演绎，以致后世认为"三国"指的就是魏国、蜀国、吴国。更有可笑者，近年来播出的"三国"电视剧中，竟然在片头就出现了"蜀"字大旗。如果刘备地下有知，定会拍案而起：朕匡扶汉室，继承正统，什么时候叫过"蜀"国？

实际上，关于"蜀"的命名，宋代以来就不断有人质疑。《三国志集解》中就有宋人高似孙说："刘备父子，在蜀四十年，始终号汉，岂可以蜀名哉？"宋人黄震也曾在《黄氏日钞》中说："蜀，地名，非国号。昭烈（刘备谥号）以汉名，未尝以蜀名。"黄震又说："国有称号，犹人有姓氏，未有改人之姓氏而笔之书，亦未有改人国号而笔之史。"陈寿虽然把"三国"称为魏、蜀、吴，但在《三国志》的字里行间，仍可寻觅到刘备称"汉"的蛛丝马迹。如《三国志·吴书》有一段关于吴汉联盟的记载："自今日汉、吴既盟以后，勠力一心，共讨魏贼。"

按史实来说，汉朝是一脉相承的。公元前206年，刘邦被封为汉中王。四年后，刘邦打败西楚霸王项羽，登基为帝，定都长安，国号"汉"，史称"西汉"（即前汉）。公元25年，汉景帝之子长沙王刘发的后代刘秀，打败各路诸侯，登基为帝，定都洛阳，国号为"汉"，史称"东汉"（即后汉）。公元220年，曹操的儿子曹丕称帝，宣布新国号为"魏"。翌年，汉景帝之子"中山靖王"刘胜的后代刘备（待考），在成都登基为帝，国号"汉"，史称"蜀汉"。

刘备称帝的事儿，也必须提一提。他是在曹丕篡汉以后的六个月，汉献帝已被弑之后，才由许靖、糜竺、诸葛亮等人推戴，在"建安二十六年（221）四月丙子日"，杀了黑色公牛（玄牡），"昭告皇天上帝，后土神祇"，"与百僚登坛受皇帝玺绶"，"嗣武二祖（即太祖高皇帝与世祖光武皇帝），恭行天罚"，后谥号为

"昭烈帝"。刘备所谓"恭行天罚"的对象，最初并不是孙吴，而是曹魏。

那么，我们现在如何称呼刘备所建立的政权呢？还是钱穆先生说得对："我们今日至少应称'蜀汉'，以示别于前汉、后汉，而不能单称之曰'蜀'。"（《中国史学名著》）现在，各种辞书后面所附《我国历代纪元表》中列出"三国"纪年，以"魏（220—265）""蜀汉（221—263）""吴（222—280）"排列。

不是"蜀"，而是"汉"（蜀汉）。这就对了！

关云长未曾单刀赴会

孙权派诸葛瑾向刘备索要荆州，刘备等抵赖不还。鲁肃设下一计：请关羽到东吴赴宴，当面讨要荆州，若其不答应，则于席中杀之。若是关羽不敢来，那就是他理亏，可以发兵硬夺。关羽接到邀请，仅带着周仓和亲随十几个人深入险地，单刀赴会。席中，关羽谈笑自如，鲁肃讨还荆州，关羽始终不正面回答，周仓插话辩驳，被关羽假意斥责，并把周仓的大刀拿到手。周仓乘机外出，招来在江上待命的关平驾船来接应。关羽右手提着大刀，左手挽住鲁肃，来到江边。伏兵怕伤了鲁肃，遂不敢动。关羽放开早已吓得魂不附体的鲁肃，上船凯旋。

《三国演义》第六十六回中的这一精彩故事，描述了关羽的大智大勇，对于他英雄形象的塑造起到了关键的作用。相形之下，鲁肃却计谋难施，成了关羽形象的陪衬。然而，历史上单刀赴会的真英雄却不是关羽，而是鲁肃。

据《三国志·吴书·鲁肃传》记载：为讨还长沙等三郡，"（鲁）肃住益阳，与（关）羽相拒。肃邀羽相见，各驻兵马百步上，但诸将军单刀俱会。肃因责数羽曰：'国家区区本以土地借卿家者，卿家军败远来，无以为资故也。今已得益州，既无奉还之意，但求三郡，又不从命。'语未究竟，坐有一人曰：'夫土地者，惟德所在耳，何常之有！'肃厉声呵之，辞色甚切。羽操刀起谓曰：'此自国家事，是人何知！'目使之去。备遂割湘水为界，于是罢军"。

从这段记载可以看出，谈判双方的护卫距谈判地点只有百步之遥，且双方人员都带着一把刀，并非只有关羽佩刀。在谈判现场鲁肃毫无惧色，据理力争，义正词严。最后，关羽一方理屈词穷，刘备决定让步，以湘

水为界，割三郡还给东吴，吴蜀双方这才罢兵。可见，"单刀赴会"的称号应归鲁肃所有。

那么，"关云长单刀赴会"是《三国演义》的独创吗？也不是。元代剧作家关汉卿就写过一个《关大王独赴单刀会》的杂剧，对自己的关姓祖先关羽进行了美化，赞美他是三国英雄汉，豪气三千丈。剧中写道，酒宴上，鲁肃索要荆州，关羽匣中宝剑鸣响，鲁肃又惊又怕，埋伏一旁的甲士蜂拥而出，关羽拔剑，挟持鲁肃送他上船，最后凯旋。元代《三国志平话》里，也写到过关云长单刀赴会，说关羽衣甲全无，腰悬单刀一口前来赴会。鲁肃这边却是甲士三千，将军们还都戴着护心镜。席间奏乐，笛声不响，鲁肃叫"宫商角徵羽"，并说"羽不鸣"，说了三次，表面上是说羽声没有吹响，实际上是说"羽不明"，关羽不明事理。关羽大怒，揪住鲁肃，说："你说羽不明，我叫你镜先破。""镜"既指护心镜，也指鲁子敬的敬，吓得鲁肃伏地请罪，关羽才绕他性命，上马而回。

后世的极力美化，使得关羽逐步走向神坛。建安二十四年（219），刘备拜关羽为"前将军"。明万历二十二年（1594），关羽登上"协天护国忠义大帝"宝座。直至清代，关羽的名号已长达26个字，完成了"侯而王，王而帝，帝而圣，圣而天，褒封不尽，庙祀无穷"的增值过程。

"大刀"关胜真的死于"酒驾"吗?

在《水浒传》中，有一位手持大刀的将军，奉命带兵围剿梁山，却稀里糊涂地成了梁山英雄排行榜第五名、位列马军五虎将之首的牛人，他就是大家熟知的"大刀"关胜。在小说中，这位勇士的结局并不完美，一代英豪没能战死沙场，竟然死于一次"酒驾"。

关胜生得一表人才，八尺五寸的身高，细细三柳髭须，两眉入鬓，红脸凤眼，朱红方唇。他自幼苦读兵书，精通武艺，使一口青龙偃月刀，以一当十，颇有三国时关云长之遗风，人称"大刀"关胜。他任蒲东郡巡检，奉命领兵攻取梁山泊，以解北京之困。宋江等人早就仰慕其豪勇，于是派双鞭呼延灼诈降，将其擒拿上山，经过宋江一番深入细致的思想工作，关胜毅然入伙。此后，在梁山泊南征北战中，他战功卓著。宋江被招安，他奉旨平定方腊农民起义，随后领受了朝廷武节将军、大名府正兵马总管之职衔，且"甚得军心，众皆钦伏"。然而，就是这样一位英雄豪杰，竟然在一次操练军马时，因喝得酩酊大醉而失脚落马，得病而亡。（第一百回）如果换在今天，操练前，真该有人提醒一下关胜："喝酒不骑马，骑马不喝酒。"

以上是小说《水浒传》中的关胜之死，那么，历史上的关胜真的是死于"酒驾"吗？答案是否定的。按照《宋史》《金史》等的说法，真实状况是：梁山被招安后，关胜出任了济南武将，因为他坚决抗金，最后被主官，也就是后来的伪齐皇帝刘豫杀害。

建炎二年（1128）正月，刘豫出任济南知府，"是冬，金人攻济南，（刘）豫遣子麟出战，敌纵兵围之数重，郡倅张柬益兵来援，金人乃解去。因遣人啖豫以利，豫惩前忿，遂蓄反谋，杀其将关胜，率百姓降金，百姓不从"（《宋史·刘豫传》）。刘豫得了金人的好处，便杀害了主张抗金的关胜将军，以便率众降金。这在《金史》中也有记载：刘豫任济南知府，"是时……（刘）豫欲得江南一郡，宰相不与，愤愤而去。挞懒攻济南，有关胜者，济南骁将也，屡出城拒战，豫遂杀关胜出降"（《金史·刘豫传》）。王象春在《齐音》中也记录了这段史实："金兵薄济南，守将关胜善用大刀，屡战兀术。金人贿豫诱胜杀之。"

由于关胜被害于济南，他的事迹久被济南人传颂，关胜的遗迹在济南也有数处。清光绪年间编纂的《山东通志》中就有记载："历城马跑泉，乃金兵薄济南时，关胜与兀术大战，一日，至渴马崖，求水不得，马刨地而泉涌出，因名马跑泉。今西门南濠外有马跑泉，泺水环流，是另一泉也。刘豫受金赂，杀关胜，其墓在渴马崖西。"（《山东通志》卷一百九十九）

　　有关关胜的部分内容在《大宋宣和遗事》中也有记载；在《水浒传》钟伯敬评本中，已将刘豫部将关胜与水浒好汉关胜合二为一；这段故事也曾被清陈忱加以演义，写入了《水浒后传》。另外，在《说岳全传》中，关胜还有一子，名叫关铃，在抗金战争中立有大功。

谁说"及时雨"宋江没有老婆

　　宋江有没有老婆?《水浒传》里自始至终没有明言。只是到了第二十一回,宋江周济了阎婆娘儿俩后,经王婆一番撺掇说媒,"就在那县西巷内,讨了一所楼房,置办些家伙什物",包养了年仅十八岁的阎婆惜。不过,《水浒传》旁白,阎婆惜是外室(充其量算作妾),即不是正房。那么,正房是谁?也就是说宋江有没有明媒正娶的妻子呢?

　　阎婆惜是一个悲剧人物,论年龄,她正当花季;论长相,她"花容袅娜,玉质婷婷";论才学,她"能看曲本,颇识几字"。这么一个好姑娘却因母亲为了"报答"救济之恩,让一个小小郓城县的"公务员"包养起来,而和自己的意中人张文远只能暗暗偷情,所以就注定了她的悲剧命运。所以,当宋江要她交出与自己命运攸关的招文袋时,她竟然连提三个条件,惹得宋江一怒之下,结束了她花季的生命。

　　回来说宋江的正房。怒杀阎婆惜时,宋江已经年过三十。他自己曾在浔阳楼上叹道:"目今三旬之上,名又不成,功又不就。"(第三十九回)宋江年过而立,工作也不错,虽然只是皮肤黑了一点,但在"无后为大"的年代，没有正妻是说不过去的。实际上，在《水浒传》成书之前的水浒故事里，宋江是有妻子的。元代陈泰在《所安遗集补遗》中记载："余童艸时，闻长老言宋江事，未究其详。至治癸亥秋九月十六日，舟过梁山泊，遥见一峰，嵘嵲雄跨，问之篙师，曰：此安山也，昔宋江事处，绝湖为池，阔九十里，皆葇荷菱芡，相传以为宋妻所植。"陈泰很实在，他如实相记，梁山泊的葇荷菱芡是宋江妻子所种植，这种说法是听撑篙的船工所言，而船工也是"相传以为"。这种说法引起了鲁迅先生的注意，"按宋江有妻在梁山泺中，且植芰荷，仅见于此"（见《华盖集续编·马上支日记》）。

明代吴从先也曾见到《水浒》某佚本，后记里说：宋江"刺配江州，道经淮，而梁山啸集徒众，有鸡鸣狗盗之风焉，及闻江来，众哗迎入壁，推为主寨，江固辞脱。未几，旧游有阴德者，辇其妻孥合焉，而将遂绝意"（《小窗自记》卷三《读水浒传》）。由此看来，宋江上梁山后，心里还是牵挂着家里的妻儿，别人把他的妻子儿女都接到山上，他才安下心来。

再后来，明代许自昌的传奇《水浒记》里，宋江不但有了妻子，而且妻子还有了姓氏。《水浒记》说，宋江有妻名孟氏，在宋江刺配江州后，她受到张三的欺凌，但她坚贞不屈。后来被梁山好汉救护上山，与宋江团圆。她与宋江同心同德，并一起赞美水泊梁山："锄强诛暴军威壮，扶危济困恩波旷。凭强梁，能如山寨，水浒有余光。"

梁山一百单八将，大多数是没有家小的光棍。《水浒传》不明写宋江有妻子，意在借此突出其不念女色的英雄本色而已。如他真无妻子，在接受招安的描写中，宋江为何又说是为了"图个封妻荫子、共享太平之福"（第八十二回）的话呢？

第一个提出"受招安"的竟是武松

　　一百二十回的《水浒传》，结局却是一个大悲剧。这一悲剧，是从受招安写起的。宋江的一生，最受人诟病的也是他接受了招安，无怨无悔地走上了自我毁灭之路。然而，在小说中，第一个提出"受招安"主张的，却不是宋江，而是武松。

　　第三十二回，在孔太公庄上的一次筵宴之后，武松与宋江议论准备投靠二龙山鲁智深那里"落草避难"。武松此时说道："哥哥怕不是好情分，带携兄弟投那里去住几时。只是武松做下的罪犯至重，遇赦不宥，因此发心只是投二龙山落草避难。亦且我又做了头陀，难以和哥哥同住，路上被人设疑。便是跟着哥哥去，倘或有些决撒了，须连累了哥哥。便是哥哥与兄弟同死同生，也须累及了花荣知寨不好。只是由兄弟投二龙山去了罢。天可怜见，异日不死，受了招安，那时却来寻访哥哥未迟。"宋江道："兄弟既有此心归顺朝廷，皇天必佑。如若此行，不可苦谏。你只相陪我住几日了去。"

　　这是整部小说第一次提出"招安"的问题。可见，武松虽然决定投二龙山入伙，但这只是权宜之计，并非实心实意反朝廷，暂时的落草为寇，是为了将来有机会

己亥
春

归顺朝廷接受招安。宋江听后，很赞赏武松受招安的想法，只要你武松有"归顺朝廷"的心，我便不再苦劝。宋江的话中，有默许，有期待，有祝愿。

在小说中，受招安主张说得最多的，当然是宋江，那么，梁山好汉中又是谁第一个聆听宋江招安说教的呢？答案也是武松。还是在第三十二回，武松和宋江在孔太公庄上"一住过了十日之上"，又被孔明、孔亮"留住了三五日"。在送别之际，宋江一再劝说武松："入伙之后，少戒酒性。如得朝廷招安，你便可撺掇鲁智深、杨志投降了。日后但是去边上，一刀一枪，博得个封妻荫子，久后青史上留一个好名，也不枉了为人一世。我自百无一能，虽有忠心，不能得进步。兄弟，你如此英雄，决定得做大官。可以记心……"听了这番发自内心的话，武松自然是很动感情的。当下，"武行者下了四拜"，两人惺惺惜惺惺，不忍泪别。由此可见，此刻宋江与武松在招安问题上是一拍即合、思想一致的。

宋江的招安主张，自然受到了很多人的反对和抵制。那么，是谁首先站出来，针锋相对地公开反对的呢？令人意想不到的是，第一个提出反对受招安的还是武松！在第七十一回那场菊花之会上，宋江"一时乘着酒兴"，写了一首《满江红》，公开打出了"招安"的旗号。当乐和唱到"望天王降诏早招安，心方足"时，"只见武松叫道：'今日也要招安，明日也要招安去，冷了弟兄们的心！'黑旋风便睁圆怪眼，大叫道：'招安，招安，招甚鸟安！'只一脚，把桌子踢起，撅做粉碎"。

武松是第一个提出"招安"的，也是第一个反对"招安"的。这也表明，武松在遭受波折坎坷后，对朝廷已不抱任何幻想，意识到招安之后断然不会在"青史上留一个好名"。武松是一个成长中的英雄，他的一时误判无损于英雄的形象。

孙二娘讲究"三不杀"

一部《水浒传》让孟州道十字坡孙二娘制作的人肉包子颇具名气。然而，盗亦有道，孙二娘和她老公张青虽然杀人成性，但两口子竟有"约法三章"，曰"三不杀"：僧人不杀，妓女不杀，罪犯不杀。

孙二娘长得粗手大脚，横眉凶眼，却喜欢打扮得花枝招展、满头钗环。她与张青专门以人肉做馅经营包子铺，人送外号"母夜叉"。"夜叉"一名，出自梵语，意译为"能吃鬼"或"捷疾鬼"，含有"凶猛残暴"之意。佛经《根本说一切有部毗耶奈杂事》中称，母夜叉（也作母药叉）能把"城中人家所生男女，次第食之"。唐五代《十国春秋·高澧传》也有"夜叉，好吃人肉"的说法。这些"白纸黑字"，都可为孙二娘的绰号做注脚。

孙二娘的丈夫张青，原本在光明寺菜园种菜，"因与他人争些小事，竟一时性起把光明寺僧行杀了，放把火烧做白地"后，便在"大树坡下剪径"。（《水浒传》第二十七回，下同）被孙二娘的父亲"山夜叉"孙元收服后，入赘孙家。孙元死后，孙二娘两口子在城里混不下去，便在十字坡盖了十数间草屋，开起了黑店，

戊戌
冬日

"只等客商过往，有那入眼的，便把些蒙汗药与他，吃了便死。将大块好肉，切做黄牛肉卖，零碎小肉，做馅子包馒头"。武松一行三人行至十字坡，孙二娘见其"包裹沉重""一时起意"，便在酒里下了蒙汗药，要把高大健壮的武松杀掉"当作黄牛肉卖"。岂料，武松暗地把酒泼掉，"假作中毒"，然后缚住了孙二娘。

孙二娘两口子一共杀了多少客商，掠夺了多少财物，小说没交代，但张青领着武松到人肉作坊"参观"时，映入武松眼帘的依然是一幅极其恐怖的景象："见壁上绷着几张人皮，梁上吊着五七条人腿"，剥人凳上还躺着两个待剥的公人。孙二娘两口子杀人不眨眼，可谓残暴至极。然而，两口子却约定了"三等人不可坏他"的既定方针："第一是云游僧道"，"第二等是江湖上行院妓女之人"，"第三等各处犯罪流配的人"。

孙二娘两口子因何要"三不杀"呢？请听张青自己的解释：不杀云游僧道，是因为"他又不曾受用过分了，又是出家的人"；不杀戏子妓女，是因为"他们冲州撞府，逢场作戏，陪了多少小心得来的钱物"；不杀罪犯，是因为"中间多有好汉在里头"。如此看来，孙二娘两口还是有些"恻隐之心"的。事实果真如此吗？恐怕不是。花和尚鲁智深路过十字坡，孙二娘"见他生得肥胖，酒里下了些蒙汗药，扛入在作坊里"。幸好被菜园子张青认出救醒，才免遭一害。发配途中的武松是个"罪犯"，不也险些被孙二娘杀害"当作黄牛肉卖"了吗？强盗的话只是说说而已，万万信不得，尽管孙二娘、张青后来上了梁山，成了排名103、102位的"好汉"。

其实，最先拥有人肉包子专利权的并非《水浒传》里的孙二娘，宋元话本已有人肉包子的叙述。如《宋四公大闹禁魂张》中，就有"莫去汴河岸上买馒头吃，那里都是人肉的"情节，孙二娘卖人肉包子的故事疑似由此而来。

武大郎家住清河哪条街？

《水浒传》第二十四回交代："武大在清河县住不牢，搬来这阳谷县紫石街赁房居住，每日仍旧挑卖炊饼。"据此，武大郎与潘金莲家住紫石街，确凿无疑。而在《金瓶梅》中，武大郎到底家住在哪条街上，却成了一笔理不清的糊涂账。

《金瓶梅》第一回中介绍，阳谷人武大郎"因时遭荒馑，将祖房儿卖了，与兄弟分居，搬移在清河县居住"。住在哪条街上？为了和《水浒传》合榫，作者把阳谷县的紫石街也搬到了清河县，明确说，武大郎依然住的是"紫石街"。张大户死后，主家婆"将金莲、武大即时赶出"，无奈之下，"武大不免又寻紫石街西王皇亲房子，赁内外两间居住，依旧卖炊饼"。在紫石街西王皇亲房子居住期间，潘金莲没少和"牵着不走，打着倒退"的武大郎"合（gē）气（斗气）"。由于觉得自己和武大郎不般配，所以她"每日只在帘子下嗑瓜子。一径把那一对小金莲故露出来"，结果勾引得几个奸诈浮浪子弟不安分地调戏她。

在武大看来，紫石街是住不下去了——原文说："武大在紫石街住不牢，又要往别处搬移。"潘金莲提议："把奴的钗梳凑办了去……过后有了（钱），再治不迟。"于是，"当下凑了十数两银子，典得县门前楼，上下两层，四间房屋居住。第二层是楼，两个小小院落，甚是干净"，武大郎自此搬离了紫石街。"自从搬到县西街上来，照旧卖炊饼。"据上述交代，武大郎与潘金莲的最终居所应为县西街，王婆也应该住在县西街，因为他们两家互为邻居，且两家有后门相通。

然而，到了第三回《王婆定十件挨光计　西门庆茶房戏金莲》时，书中却说，西门庆打扮得"齐齐整整，身边带着三五两银子，手拿着洒金川扇儿，摇摇摆摆径往紫石街来"。王婆的茶房明明在县西街，西门庆却往紫石街来，岂不有点儿南辕北辙？第四回写道："西门庆刮剌上卖炊饼的武大老婆，每日只在紫石街王婆茶房里坐"。写郓哥，也是"一直往紫石街走来，径奔入王婆茶房里去"。甚至，就连武大郎自己也"犯浑"地对郓哥说："明日早早来紫石街巷口等我"（第五回）。真想问问武大郎，你不是典了县西街的二层小楼住了吗？干吗还对伤心地——紫石街"念念在怀"呢？

其实，不能错怪武大郎，怪应怪小说作者兰陵笑笑生。他在写作时，套用《水浒传》中的紫石街来构思，但遗憾的是，他似乎忘记了在套用时又做了先头部分两次搬家、最后落脚县西街的改动，以致自武大郎搬到县西街后的所有情节又都回到了紫石街。第六回写"何九已到巳牌时分，慢慢地走来，到紫石街巷口，迎见西门庆"；第九回武松回到清河县看望哥哥一家，也是"一径投紫石街来"；第八十八回，写陈经济"来到紫石街王婆门首"，又说他"在紫石街王婆门首远远的石桥边"。

兰陵笑笑生把武大郎的籍贯由《水浒传》中的清河县改为阳谷县，顺便又把阳谷县的紫石街挪到了清河县。这样的改动，可谓是精心考虑的。但武大郎家和王婆家明明在县西街，故事却都发生在紫石街。乖误矣！

金箍、禁箍、紧箍，
孙悟空戴的是哪个箍？

　　紧箍儿因《西游记》而广为人知，鲜有人知的是，《西游记》中共有三个箍儿，分别是金箍儿、紧箍儿和禁箍儿。孙悟空戴的是紧箍儿，红孩儿戴的是金箍儿，熊罴怪戴的是禁箍儿。

　　《西游记》第十四回"心猿归正　六贼无踪"中，孙悟空被唐僧从五行山下解救出来，保唐僧去西天取经。路遇剪径，孙悟空抢棍打死了六个山贼，遭到唐僧严厉指责。孙悟空一怒之下决定离开唐僧，回花果山去。观音菩萨知道孙悟空性情顽劣，恐怕唐僧制不住他，便化作一老妪，授予唐僧一套衣帽，嘱咐给孙悟空穿上，并说："我那里还有一篇咒儿，唤做'定心真言'，又名做'紧箍儿咒'。你可暗暗地念熟，牢记心头……你可将此衣帽与他穿戴，他若不服你使唤，你就默念此咒，他再不敢行凶，也再不敢去了。"

　　因唐僧假意称他要吃干粮，孙悟空解开包袱去拿，见有"光艳艳的一领绵布直裰，一顶嵌金花帽"。孙悟空将其穿戴身上。唐僧就"默默地念那紧箍咒一遍，行者叫道：'头痛！头痛！'那师父不住的又念了几遍，

把个行者痛得打滚儿，抓破了嵌金的花帽，三藏又恐怕扯断金箍，住了口不念。不念时，他就不痛了，伸手去头上摸摸，似一条金线儿模样，紧紧的勒在上面，取不下，揪不断"，好似生了根一样。但是，请注意，这里所说孙悟空戴的金箍，并不是这个箍儿的名字，而是说的它的材质——是一条金线。

接着往下看，第四十二回"大圣殷勤拜南海 观音慈善缚红孩"的故事中，观音用法术收服红孩儿，红孩儿"野性不定"，又要行刺观音，"恨得那行者抡铁棒要打"，"菩萨只叫：'莫打，我自有惩治。'却又袖中取出一个金箍儿（注意，是金箍儿，不是紧箍儿）来"，并说道："这宝贝原是我佛如来赐我往东土寻取经人的'金紧禁'三个箍儿（这里说得很明白，是金箍儿、紧箍儿、禁箍儿，一共三个箍儿）"。菩萨接着对孙悟空说道："紧箍儿，先与你戴了；禁箍儿，收了守山大神；这个金箍儿，未曾舍得与人，今观此怪无礼，与他罢！"在给红孩儿套上金箍儿后，观音要念金箍咒，孙悟空以为要咒自己，很是害怕，求观音别念，观音给他解释说："这篇咒，不是'紧箍儿咒'咒你的，是'金箍儿咒'，咒那童子的。"

看到这里，大家就明白了，原来如来佛给了观音菩萨三件宝贝，分别是金箍儿、紧箍儿和禁箍儿，并各有咒语，即金箍儿咒、紧箍儿咒、禁箍儿咒。红孩儿戴的是金箍儿，孙悟空戴的是紧箍儿，后来成为守山大神的黑风山熊罴怪戴的是禁箍儿。三箍儿和三箍儿的咒语，都有束缚作用，但是，箍儿加咒是一个整体，要发挥出"箍儿"的作用，必须相应地念咒。三个箍儿的材质，根据书中透露的信息来看，应该都是千锤百炼的金制品。毕竟，红孩儿有三昧真火，什么都能烧坏，但对自己头上这金箍，就没办法了。

哪吒，到底是"六臂"还是"八臂"？

哪吒到底有几头几臂？这是个问题。也许大多数人说，这不是个问题，哪吒当然是"三头六臂"了。

其实不然。说哪吒有三头六臂，那是受了《西游记》的影响。第四回描写哪吒和孙悟空那场大战，两人战得正酣，哪吒忽然大喝一声"变"，"即变作三头六臂，手执六般兵器，乃是斩妖剑、砍妖刀、缚妖索、降妖杵、绣毬儿与风火轮，丫丫叉叉，扑面打来"。然而，同是一个哪吒，在《封神演义》里却是"三头八臂"，《水浒传》里有个好汉的绰号也叫"八臂哪吒"。那么，哪吒到底有几只胳膊，还就真成了个问题。

哪吒是佛经故事中歌颂的神，随着佛教东传来到了中国。哪吒是梵文"哪吒俱伐罗"的简称，相传他是佛教北方天王毗沙门的第三子。在古印度佛教中，大力神天王通常以"三头八臂"的形象出现。在大雄宝殿里，我们常常可以看到两侧的三十六诸天当中，有一位三头八臂的摩利支天。可见，三头八臂的形象本为印度佛教的一种固有形式。梁简文帝时，大敬爱寺刹下铭上刻有"八臂三目，项带护持"的字样；唐代《法苑珠林》卷九也载有修罗道者"并出三头，重安八臂"的文字。哪吒自然也不例外。

　　宋末元初，哪吒形象逐渐道化，他常被认作是玉皇大帝殿阶下的大罗金仙，"身长六丈，头戴金轮，三头九眼八臂，口吐青云，足踏磐石，手持法律，大喝一声，云降雨从，乾坤烁动"。自明代以后，哪吒逐渐嬗变为中华本土之神。他的形象也由"八臂"改为"六臂"。明朝中期以后，道教盛行，哪吒被道教接受

为神，成为中国化的哪吒了，被"砍"掉了两臂，成了"六臂哪吒"。由此可知，绰号"八臂哪吒"的项充，实际上仍属于印度文化系统中的形象。

顺便介绍一下，多头、多臂、多目是南亚次大陆早期神祇的一大特点。例如，在印度神话中，梵天是创造世界之神，他原有五个头（比哪吒还多两个），后来被湿婆砍去一个，只剩下四个头，分别面向东西南北四个方向。不仅如此，他还有四只手。毗湿奴是一位创造与降魔大神，他也有四只手臂。毗首羯磨是一个工艺大神，据说从四面八方看，他都长着面向那一方向的脸、眼、手、脚。

回过头来，再谈哪吒到底有几头几臂，大家就不会觉得突兀了。最早的哪吒形象确确实实是"三头八臂"的，只是后来为了适应需要，"八臂"变成了"六臂"。吴承恩《西游记》中的哪吒"三头六臂"的形象逐渐深入人心，影响深远，而原本的"三头八臂"的哪吒，则慢慢被人们淡忘了。

沙和尚，你到底用的啥兵器？

在大多数人心目中，《西游记》里沙僧用的兵器，一端是凸形铲，一端是月牙铲，此兵器古称日月铲或方便铲。实际上，这都是受电视连续剧《西游记》或连环画的影响所致。沙和尚用的兵器，其实是一根木质的短棍棒，名曰"降妖真宝杖"。

《西游记》第二十二回"八戒大战流沙河　木叉奉法收悟净"中对沙僧手中兵器的描述是这样的：唐僧、孙悟空、猪八戒三人在流沙河受阻，孙悟空让猪八戒把河里妖怪引上岸来以便降伏。只见流沙河妖怪"跳出来，当头阻住，喝道：'慢来！慢来！看杖！'"可见，当初还是河怪的沙僧，用的兵器是"杖"而非"铲"。接下来，"八戒举钯架住道：'你是个甚么哭丧杖，断叫你祖宗看杖！'"此处更可见，沙僧使的类似哭丧棒一样的木棍，以致惹得猪八戒不屑一顾。

接着，沙僧自己叙述了这根宝杖的来历和神奇，特赘录如下："你这厮甚不晓得哩！我宝杖原来名誉大，本是月里梭罗派。吴刚伐下一枝来，鲁班制造工夫盖。里边一条金趁心，外边万道珠丝玠。名称宝杖善降妖，永镇灵霄能伏怪。只因官拜大将军，玉皇赐我随身

带。或长或短任吾心，要细要粗凭意态。也曾护驾宴蟠
桃，也曾随朝居上界。值殿曾经众圣参，卷帘曾见诸仙
拜。养成灵性一神兵，不是人间凡器械。自从遭贬下天
门，任意纵横游海外。不当大胆自称夸，天下枪刀难比
赛。看你那个锈钉耙，只好锄田与筑菜！"通过这段描
述和猪八戒的比喻看，沙僧的兵器原本是玉皇大帝赐予
他、材质是月宫梭罗木的降妖宝杖，它和孙悟空使用的
金箍棒相仿，是一能应心变幻的天界神器。它由木匠鼻
祖鲁班打琢而成，与猪八戒的九齿钉耙一样重达五千零
四十八斤，在手中拈一拈，也是艳艳生光、纷纷霞落。

通过第四十九回"三藏有灾沉水宅　观音救难现鱼
篮"中，沙和尚与灵感大王争斗时的对话，我们更能清
楚地知道，沙僧的兵器是宝杖而非日月铲。原文写道：
"妖邪使锤杆架住道：'你也是半路里出家的和尚。'
沙僧道：'你怎么认得？'妖邪道：'你这模样，像
一个磨博士出身。'沙僧道：'如何认得我像个磨博
士？'妖邪道：'你不是磨博士，怎么会使擀面杖？'
沙僧骂道：'你这孽障，是也不曾见！这般兵器人间
少，故此难知宝杖名。出自月宫无影处，梭罗仙木琢磨
成。外边嵌宝霞光耀，内里钻金瑞气凝。先日也曾陪御
宴，今朝秉正保唐僧。西方路上无知识，上界宫中有大
名。唤作降妖真宝杖，管教一下碎天灵！'"在妖怪眼
中，沙僧像个"磨博士"（"博士"是古时对专门从事
某职业的称谓，磨博士戏称磨面做面食的人），手中的

兵器像根"擀面杖"，看来这兵器沙僧平时带着时，就是一根不太长的木棒，只有用起来时才随心所欲地变大、变粗。

　　当然，《西游记》里也有用月牙铲的，孙悟空、猪八戒大战九头虫时，妖怪九头虫用的就是月牙铲，有兴趣的读者可找来第六十三回一看。

孙悟空被压五行山何止五百年

当年孙悟空大闹天宫，与如来佛祖斗法，却翻不出如来的手掌心。他刚想纵身跳出，佛祖就反掌一扑，把这猴王推出西天门外，将五指化作金、木、水、火、土五座联山，并唤名"五行山"，把他压在了山下。孙悟空被压在山下到底多少年？这似乎不是一个问题。因为，每当自我介绍，孙悟空总是说："俺乃五百年前，大闹天宫的齐天大圣！"可是，问题并没有这么简单。

《西游记》第十四回中，唐僧在猎人刘伯钦陪同下，走到五行山解救孙悟空。唐僧询问"花果山中一老猿"的来历，刘伯钦介绍说："先年间曾问得老人家说：'王莽篡汉之时，天降此山，下压着一个神猴，不怕寒暑，不吃饮食，自有土神监押，教他饥餐铁丸，渴饮铜汁。自昔到今，冻饿不死。'这叫必定是他。"孙悟空也急忙向唐僧表白："我是五百年前大闹天宫的齐天大圣。只因犯了诳上之罪，被佛祖压于此处。"此后，孙悟空被解救后，又对别人说：我"但只在这山脚下，已经五百多年了""我有五百多年不洗澡了"。请注意，在这里刘伯钦明确提到，五行山从天而降是在

"王莽篡汉之时"，孙悟空又多次表明"五百（多）年"前被压此处，那么，问题就来了。

原籍济南平陵城的王莽，是西汉两岁小皇帝刘婴时的"摄皇帝"。公元8年，他废掉年幼的汉帝，自称皇帝，改国号为"新"，年号也由"初始"次年改为"始建国"，史称"王莽篡汉"。后来，由于他大刀阔斧的改革，触及地主集团利益，引发社会动荡，致使绿林、赤眉大起义，新朝和秦朝一样，只存在15年就被推翻了。刘伯钦说的"王莽篡汉之时"，也就是公元8年。

孙悟空被解救是哪一年呢？先看唐僧是哪一年出发取经的。原著第十三回篇首写得很清楚："却说三藏

自贞观十三年九月望前三日，蒙唐王与多官送出长安关外。"就是说，唐僧取经是在贞观十三年九月十二日出发的。按书中所记，他出关后先是"一二日马不停蹄，早至法门寺"。第二天早上"辞别众僧"，又"行了数日，到了巩州城，安歇一日"。又"两三日，到河州卫"。第二天"四更天气"便上路，天还没亮便被妖怪捉住，被救后"行经半日"遇上刘伯钦，又次日便解救了孙悟空。这样，满打满算从唐僧上路到解救孙悟空也就半个月，时间最迟在贞观十三年九月末。况且书中一再强调"正是那季秋天气"，"季秋"自古以来就是农历九月的别称。贞观十三年是公元哪一年？答案是公元639年。

下面就简单了，公元8年至639年，用加减法便可得出：一共631年。难怪，在该书第八回中，孙大圣对菩萨说："如来哄了我，把我压在此山，五百余年了。"

猪八戒读过《百家姓》？

明代"四大奇书"之一的《西游记》是我国一部伟大的小说。然而，书中却出现的一些常识性差错，作者让"生活"在唐朝的猪八戒读了后世才出现的《百家姓》，就是其中一例。

第八十七回，唐僧一行来到天竺国的外郡凤仙郡，正碰上差官在街上准备张挂榜文。由于凤仙郡连年大旱，郡侯发出榜文，"招求法师祈雨救民"。孙悟空让众官将榜文展开，挂在檐下，观看榜文，只见上面写道："大天竺国凤仙郡郡侯上官，为榜聘明师，招求大法事。兹因郡土宽弘，军民殷实，连年亢旱，累岁干荒，民田菑而军地薄，河道浅而沟浍空。井中无水，泉底无津。富室聊以全生，穷民难以活命。斗粟百金之价，束薪五两之资。十岁女易米三升，五岁男随人带去。城中惧法，典衣当物以存身；乡下欺公，打劫吃人而顾命。为此出给榜文，仰望十方贤哲，祷雨救民，恩当重报。愿以千金奉谢，决不虚言。须至榜者。"

孙悟空看罢榜文，不明白榜首的"郡侯上官"是什么意思，便问："'郡侯上官'何也？"差官回答他："上官乃是姓。此我郡侯之姓也。"孙悟空一听笑道：

"此姓却少。"这时，一路受气的猪八戒终于得到机会挪揄了孙悟空一把，他耻笑孙悟空说："哥哥不曾读书。《百家姓》后有一句'上官欧阳'。"孙悟空没有读过书，不知道"上官"这个复姓，这有可能。猪八戒的前世是天河里的天蓬元帅，肯定念过几年书，这也有可能。但是说他读过宋代的《百家姓》，还背出"上官欧阳"一句，就有点荒诞不经了。

大家知道，《百家姓》是北宋初年由一位浙江钱塘的"老儒"编写的，也是宋代以后一直广为流传的儿童启蒙读物。全书共收集了408个单姓、78个复姓。

书的开头是"赵钱孙李，周吴郑王。冯陈褚卫，蒋沈韩杨"，后面的复姓部分则是"万俟司马，上官欧阳。夏侯诸葛，闻人东方……"由于《百家姓》以四字为句，按韵排列，虽无文理，但读起来朗朗上口，易记易背，所以深受"老学究"们的欢迎，被称为村塾蒙童的必读之书。《西游记》中，唐僧师徒取经的整个过程，是唐贞观十三年至贞观二十七年共"一十四遍寒暑"（见第一百回："太宗笑道：'久劳远涉，今已贞观二十七年矣。'"实际上，贞观年号只有二十三年，此乃小说又一常识性差错），途中猪八戒竟然能读到三四百年后才编成的《百家姓》，岂不是咄咄怪事？

李卓吾说，《西游记》是"游戏之中暗传密谛"。鲁迅说，《西游记》"实出于游戏"，即是一部游戏之作。无疑，这都是经典之论。吴承恩走笔运墨具有极大的调侃性和滑稽意味，玩一把"时空穿越"更是无可厚非。但是，就像在秦始皇的卧室里挂一幅郑板桥的"难得糊涂"一样，猪八戒把后世的《百家姓》读给孙悟空听，总会让人觉得有些细节上的不真实。欣赏这部"成人的童话"之余，挑点儿所谓"瑕疵"，也算是博大家一乐吧。

猪八戒聪明过"猴"

取经路上，孙悟空常常嘲笑猪八戒愚钝，"呆子""夯货"几乎成了二师兄的"雅称"。实际上，《西游记》中的猪八戒也有他精明智慧的一面，有些时候，他的见识抑或机智甚至远远超过了孙悟空。听我道来。

小说第十九回"云栈洞悟空收八戒"一段中，因为孙悟空变成女人，猪八戒没有认出来，所以孙悟空便认为猪八戒愚笨。两人在打斗的时候，孙悟空第一次叫了他"夯货"："那馕糠的夯货，快出来与老孙打么！"也第一次叫了他"呆子"："呆子不要说嘴！老孙把这头伸在那里，你且筑一下，看可能魂消气泄。"从此，"夯货""呆子"的别称，就跟随了猪八戒一路。

呆子，不用解释，傻子之意也。夯货，需多说一句："夯"，许多人念作"打夯"的hāng，电视剧《西游记》中也是这样念的。其实，错了！"夯"在元明清时代杂剧、小说中多读作bèn，同"笨"。如关汉卿的《陈母教子》"灵禽在后，夯鸟先飞"中的"夯鸟"，即"笨鸟"。再如，《红楼梦》第六十七回"咱们家没人，夯雀先飞，省得丢三落四的不齐全，令人笑话"。"夯雀先飞"，即"笨雀先飞"。第五十四回"凤姐儿笑道：'好的呀！幸而我们都是夯嘴夯腮的，不然，也就吃了猴儿尿了。'"其中"夯嘴夯腮"即"笨嘴笨腮"。孙悟空叫猪八戒"夯货"，也就是现代口语中的"笨蛋""蠢货"。

猪八戒真是一个"呆子""夯货"吗？不然。

第三十九回，文殊菩萨的坐骑青毛狮子怪变作唐僧一般模样，真假两个唐僧"并搀手，立在阶前"，弄得孙悟空的火眼金睛也难辨真假。这边厢，急得孙

己亥春

悟空手足无措，难以下棒；那边厢，"又见那猪八戒在旁冷笑"。孙悟空大怒，对着猪八戒喊道："你这夯货怎的？如今有两个师父，你有得叫，有得应，有得伏侍哩，你这般欢喜得紧！"此时，猪八戒却笑着说："哥啊，说我呆，你比我又呆哩！师父既不认得，何劳费力？你且忍些头疼，叫我师父念念那话儿，我与沙僧各揽着一个听着。若不会念的，必是妖怪，有何难也？"闻听此言，孙悟空虽然极不情愿，也只好依照此法答应。"真个那唐僧就念起来，那魔王怎么知得，口里胡哼乱哼。八戒道：'这哼的却是妖怪了！'"猪八戒的主意虽然是一个"损招"，却对辨别真假唐僧十分管用，难怪猪八戒会嘲讽孙悟空"说我呆，你比我又呆哩"。

第四十七回，师徒四人路遇"径过八百里，亘古少人行"的通天河，大家由于不知河水深浅而一筹莫展之际，又是猪八戒出了一个好主意："寻一个鹅卵石，抛在当中。若是溅起水泡来，是浅；若是骨都都沉下有声，是深。"万般无奈下，孙悟空也只好让猪八戒试一下。只见猪八戒"在路旁摸了一块顽石，往水中抛去，只听得骨都都泛起鱼津，沉下水底。他道：'深！深！深！去不得！'"抛石试水，猪八戒的这个绝妙主意，如果没有长期的生活积累和实践经验是完全不可能"急中生智"想出来的。

唐僧"九九八十一难"有水分

取经路上，唐僧师徒行行复行行，历尽千难万险，终于取回真经，修成正果。小说《西游记》里，菩萨问护法诸神，唐僧四众"一路上心行何如"，诸神把一路所记录的"灾难簿"递上，菩萨粗粗"目过一遍"，见本上只记有八十难，还不够九九之数，急忙传令再加"一难"，凑成"九九八十一难"。实际上，通读原著会发现，"灾难簿"上的"八十难"也被注了水分，大有"虚报""凑数"之嫌。

先来看看唐僧一行所经历的"九九八十一难"有哪些。第九十九回记的是：金蝉遭贬、出胎几杀、满月抛江、寻亲报冤、出城逢虎、落坑折从、双叉岭上、两界山头、陡涧换马、夜被火烧、失却袈裟、收降八戒、黄风怪阻、请求灵吉、流沙难渡、收得沙僧、四圣显化、五庄观中、难活人参、贬退心猿、黑松林失散、宝象国捎书、金銮殿变虎、平顶山逢魔、莲花洞高悬、乌鸡国救主、被魔化身、号山逢怪、风摄圣僧、心猿遭害、请圣降妖、黑河沉没、搬运车迟、大赌输赢、祛道兴僧、路逢大水、身落天河、鱼篮现身、金兜山遇怪、普天神难伏、问佛根源、吃水遭毒、西梁国留婚、琵琶洞受苦、再贬心猿、难辨猕猴、路阻火焰山、求取芭蕉扇、收缚魔王、赛城扫塔、取宝救僧、棘林吟咏、小雷音遇难、诸天神遭困、稀柿衕秽阻、朱紫国行医、拯救疲癃、降妖取后、七情迷没、多目遭伤、路阻狮驼、怪分三色、城里遇灾、请佛收魔、比丘救子、辨认真邪、松林救怪、僧房卧病、无底洞遭困、灭法国难行、隐雾山遇魔、凤仙郡求雨、失落兵器、会庆钉钯、竹节山遭难、玄英洞受苦、赶捉犀牛、天竺招婚、铜台府监禁、凌云渡脱胎。以上共计八十难。再加上菩萨为凑够"九九八十一难"加上的"通天河老鼋致唐僧落水"一难，共计八十一难。

且慢！各位看官跟我先来详细分析一下。

先看"金蝉遭贬第一难"。大家知道，唐僧的前世是如来的二徒弟金蝉子（又称"金蝉长

老"），因为不听说法，轻慢大教，故贬其真灵，转生东土。这是如来亲口对唐僧说的，不会有假（见第一百回）。所以，"遭贬"这事儿是"前世"金蝉子之"难"，而今拿来算在"今生"的唐僧身上，显然有"智商不够，颜值来凑"般的凑数之嫌。

再看"黄风怪阻十三难，请求灵吉十四难"。第二十一回，遇到黄风怪，孙悟空打不过，唐僧被活捉，这算"一难"没问题。但是，孙悟空打不过人家，去找灵吉菩萨帮忙并没费周折，灵吉菩萨也显然是个热心肠，二话没说，便"使一条飞龙杖丢将下去，拿住妖精，原来是个黄毛貂鼠成精"。这又如何能算"一难"呢？又如"贬退心猿二十难"。"三打白骨精"后唐僧把孙悟空驱逐了，人家孙悟空还没说什么，只是担心自己走后，"有妖精拿住师父"，然后，腾云驾雾回到了"根据地"。这又算是哪"一难"呢？

另外，"出胎几杀第二难"说的是，唐僧（那时还没有这个名字）出生当天，"忽然刘洪回来，一见此子，便要淹杀"。唐母（姑且如此称呼）推托天色已晚，"容将明日抛去江中"。第二天，水贼刘洪有公事外出，唐母"包裹此子，乘空抱出衙门"，将儿子绑在木板上，"推放江中"。说"出胎几杀"是"一难"没问题，但是，又何来"满月抛江第三难"呢？明明是唐僧出生后两三天的事情，为什么说是"满月抛江"？难道是护法诸神算错了日子不成？其实，"出胎几杀"和"抛江"两件事前后相继，时间极短，根本算不上两难，也就是说，"第二难"和"第三难"应该为"一难"也。

类似这种生拉硬扯，甚至把"一难"拆解成"几难"的"错误"，众神的"灾难簿"上还真不少：其中有的把"一难"拆解成"两难"，有的甚至拆解成"三四难"。如上文所述，"黄风怪阻十三难"和"请求灵吉十四难"，实际上是一个故事的两个阶段，应算作"一难"。"流沙难渡十五难"与"收得沙僧十六难"同样分明是一件事，算"两难"，也很难说得过去。

"黑松林失散二十一难""宝象国捎书二十二难""金銮殿变虎二十三难"也是将一件事儿分化成好几件事儿。尤其是"宝象国捎书"也算"一难"，更是极其牵强：小说第二十九回"黑松林三藏逢魔"中，唐僧误入波月洞被黄袍怪捉住后，黄袍怪掠来的"压寨夫人"宝象国百花羞公主施计放跑了唐僧，唐僧三人（孙悟空已被逐回花果山）"上了大路"，平安来到宝象国倒换官文，并给宝象国国王送上了其女儿百花羞公主的书信。唐僧帮人"捎书"明明是件"好事"，怎么能算作"一难"呢？

另外，"风摄圣僧二十九难""心猿遭害三十难""请圣降妖三十一难"，"三难"实际上也是一个故事。其他的，诸如"路逢大水三十六难""赛城扫塔五十难"，也都可以算在其他"难"之中。尤其是"凌云渡脱胎八十难"更绝对算不得"一难"：唐僧师徒过凌云渡，乘坐佛祖"虽是无底，却稳；纵有风浪，也不得翻"的无底船，"不一时，稳稳当当地过了凌云仙渡"，终达彼岸，得以脱胎换骨，来到灵山。（第九十八回）师徒成佛，也算"一难"，为人们质疑。

唐僧一行西天取经，"共计得一十四年，乃五千零四十日，还少八日"（第九十八回），途经十万八千里路，路遇三十几个妖怪，经得多少磨难，方才取得真经而回，可敬可佩！然而，为凑够"九九八十一难"而不顾"事实"，强注"水分"，显然不是正道。

"注水"的"八十一难"，是护法神为表功而作的"虚假"报告呢，还是作者不经意为凑数而胡乱编造的呢？我们不得而知。菩萨也该仔细审视一番，以防下属虚报造假，而不是"目过一遍"，草率了事，才算尽职尽责。

唐僧持有两本出国"护照"?

唐僧师徒一路西行，每到一个国家都要找国王倒换通关文牒。所谓通关文牒，是古代通过关成时的通行证，在唐代称为"过节"，貌似今日之出国护照。倒换通关文牒，类似今日的办理签证。通读《西游记》我们会发现，唐僧西行竟然持有两份文本不尽相同的"护照"。

第一份文牒的全部文本出现在第二十九回。唐僧到访宝象国，要求宝象国国王倒换通关文牒。国王道："既有唐天子文牒，取上来看。"唐僧双手捧上去，展开放在御案上。只见文牒上写道："南瞻部洲大唐国奉天承运唐天子牒行：切惟朕以凉德，嗣续丕基，事神治民，临深履薄，朝夕是惴。前者，失救泾河老龙，获谴于我皇皇后帝，三魂七魄，倏忽阴司，已作无常之客。因有阳寿未绝，感冥君放送回生，广陈善会，修建度亡道场，感蒙救苦观世音菩萨，金身出现，指示西方有佛有经，可度幽亡，超脱孤魂。特着法师玄奘，远历千山，询求经偈。倘到西邦诸国，不灭善缘，照牒放行。须至牒者。大唐贞观一十三年，秋吉日，御前文牒。（上有宝印九颗）"文牒的大意是，我唐王缺少德行，

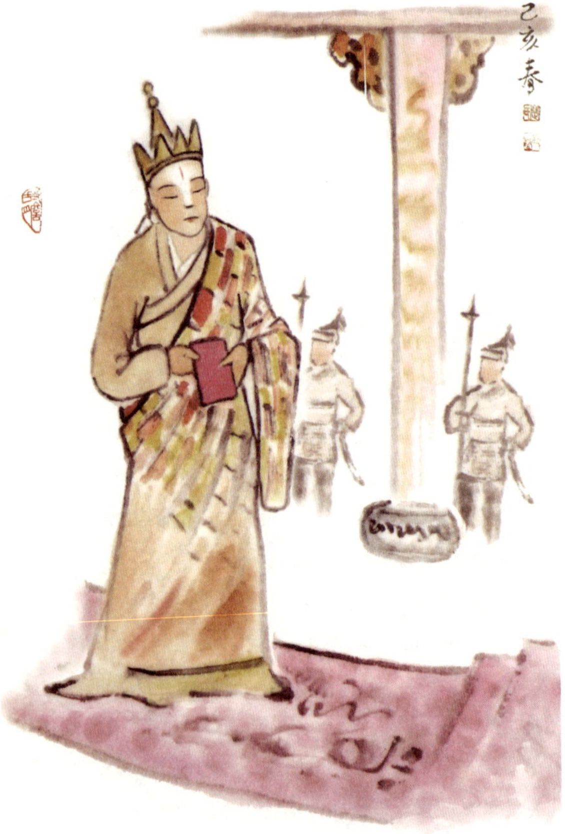

没救成泾河龙王。幸好我"阳寿未绝"，感谢阎王放生。观音菩萨指示，西方有佛有经。希望西方各国看在佛爷面上，"照牒放行"。这份"护照"上只写了唐僧一人的名字，没有孙悟空、猪八戒、沙僧的名字。

第五十四回，唐僧一行到了西梁女国倒换文牒时，女王发现了问题："关文上如何没有高徒之名？"唐僧讲了原因，女王听后对唐僧说道："我与你添上法名，好么？"于是，"女王即令取笔砚来，浓磨香翰，饱润香毫，牒文之后，写上孙悟空、猪悟能、沙悟净三人名讳，却才取出御印，端端正正印了；又画个手字花押，传将下去"。可知，唐僧手持的通关文牒上孙悟空他们的名字是女儿国国王加上去的。但是，女王只是在原牒文后边加上了三个人名，并未将牒文做改动。

第二份文牒的全部文本出现在第五十七回，假猴王拿着盗来的唐僧通关文牒，"念了从头又念"，为的是"熟读牒文"，假冒前去西天取经，以"万世传名"。这时，假猴王念的牒文却是："东土大唐王皇帝李，驾前救命御弟圣僧陈玄奘法师，上西方天竺国娑婆灵山大雷音寺专拜如来佛祖求经。朕因促病侵身，魂游地府，幸有阳数臻长，感冥君放送回生，广陈善会，修建度亡道场。盛蒙救苦救难观世音菩萨金身出现，指示西方有佛有经，可度幽亡超脱，特着法师玄奘，远历千山，询求经偈。倘过西邦诸国，不灭善缘，照牒施行。大唐贞观一十三年，秋吉日，御前文牒。自别大国以来，经度诸邦，中途收得大徒弟孙悟空行者、二徒弟猪悟能八戒、三徒弟沙悟净和尚。"假猴王念的通关文牒，内容虽与第一份文牒大致相同，但两相对照，行文和表述文字上显然有较大差异。按说，通关文牒是唐王亲书亲颁，中途只有女儿国国王在文末加上了孙悟空等三人的名讳，牒文是不应该发生变化的。难道唐僧持有两份文本不同的"护照"不成？

　　这事得问吴承恩了。

《红楼梦》中被忽略的宝玉葬花

　　《红楼梦》里关于葬花的描写出现过几次？人们通常认为是两次，一次是二十三回中的宝玉黛玉葬花，另一次是二十七回中的黛玉葬花，也就是林黛玉吟《葬花吟》的那一次。其实，除了这两次葬花之外，书中还有一次葬花被人们忽略了，这就是第六十二回中的宝玉、香菱葬花。

　　宝玉葬花发生在他过生日的那一天。这是清明节后不久的一天，同一天过生日的还有宝琴、岫烟和平儿。在红香圃，宝玉和一众姑娘划拳喝酒之后，香菱、芳官等人在园里斗草。一个说："我有观音柳。"另一个说："我有罗汉松。"一个说："我有君子竹。"另一个接道："我有美人蕉。"这个又说："我有星星翠。"那个接道："我有月月红。"这个说："我有《牡丹亭》上的牡丹花。"那个又说："我有《琵琶记》里的枇杷果。"豆官说："我有姐妹花。"众人都接不上了，香菱便说："我有夫妻蕙。"豆官："从没听见有个夫妻蕙。"香菱告诉她："一箭一花为兰，一箭数花为蕙。凡蕙有两枝，上下结花者为兄弟蕙，有并头结花者为夫妻蕙。我这枝并头的，怎么不是？"实

159

在的香菱这一番解释，惹来了豆官的一顿取笑。两个人从斗嘴发展到滚到草地上打闹，还弄污了香菱的半扇新裙子。后来，贾宝玉拿"并蒂菱"对上了香菱的"夫妻蕙"，又让袭人拿来自己的新裙子给香菱换上。

接着书中写道："香菱见宝玉蹲在地下，将方才的夫妻蕙与并蒂菱用树枝儿抠了一个坑，先抓些落花来铺垫了，将这菱、蕙安放好，又将些落花来掩了，方撮土掩埋平服。"值得一提的是，前两次葬花并没有描写如何"葬"，唯独这一次把葬花的过程写得十分具体：先是挖一个坑，用一些落花铺底，把并蒂菱和夫妻蕙安放在上面，再用一些落花埋上，最后用土埋平。想必黛玉葬花的过程亦是如此。

同前两次葬花一样，宝玉和香菱的这次葬花也有着很深的寓意，埋葬夫妻蕙和并蒂菱暗喻了香菱最后的不幸结局。因为，紧接着这次葬花的，就是"寿怡红群芳开夜宴"，这都是发生在贾宝玉生日的这一天里。那天晚上，趁着贾母和王夫人不在家，"没了管束"，一帮姐妹们和宝玉围坐在怡红院内，划拳行令，一一唱曲，"花团锦簇，挤了一厅的人"，"呼三喝四，喊七叫八。满厅中红飞翠舞，玉动珠摇，真是十分热闹"，你一杯，我一杯，直喝到四更时分，一坛酒喝光了，才身子不支胡乱倒在一起睡下。这真是大观园中从未有过的一个欢乐而自由的夜晚。从此以后，大观园中再也见不到这种场景了，"寿怡红群

芳开夜宴"成了大观园女儿们青春欢乐的绝响。从这个意义上讲，宝玉在自己生日这天"葬花"，所隐喻的绝不仅仅是香菱一个人的命运。

林黛玉敢骂皇帝是"臭男人"

在封建社会里，冒犯皇帝被认为是大逆不道，可招来杀身之祸，甚至有被诛灭九族的危险。但是，成书于乾隆年间的《红楼梦》却是一部敢于触犯皇帝"天威"的奇书。《红楼梦》虽然没有公开号召反对皇帝，然而书中对皇帝的奚落、讽刺、谴责、亵渎，以至嬉笑怒骂，远胜过其他文学作品。林黛玉骂皇帝和王爷是"臭男人"，就是其中一例。

第十六回，听说"贾琏与黛玉回来"，"明天就可到家"，贾宝玉内心充满喜悦。第二天，贾宝玉见到林黛玉，见她"越发出落的超逸了"，忙将北静王赠给他的"圣上亲赐"的鹡鸰香串珍重取出来，"转赠黛玉"。谁知那林黛玉却毫不领情，进而轻蔑地说道："什么臭男人拿过的？我不要它！"并将鹡鸰香串"掷而不取"，"宝玉只得收回，暂且无语"。

鹡鸰香串是"圣上亲赐"给北静王的，北静王又把它送给了贾宝玉，贾宝玉欲把心爱之物送给林黛玉，而林黛玉竟说这是"臭男人"拿过的东西而且"掷而不取"。虽然这个细节在众人欢迎林黛玉回家的场面中显得有些突兀，但这正是敢于冒天下之大不韪的一处隐喻写法，作者借林黛玉之口痛快淋漓地骂了皇帝和王爷一回。

翻阅一下萧奭（shì）的《永宪录》，我们似乎可以找到"圣上亲赐"香串的真实依据。该书卷一记载：康熙六十一年十一月甲午，"上大恸，以所带念珠授雍亲王"。康熙临终前，曾亲赐一串念珠给雍正。更何况"鹡鸰"二字，典出于《诗经·常棣》："脊令在原，兄弟急难"。鹡鸰是一种鸣禽，亦作"脊令"。《诗经》这句话后来被用来比喻兄弟和睦，患难共济。历史

真相是，雍正即位后，残杀兄弟，诛伐异己，这恰恰是对"鹡鸰"一典的极大讽刺。曹雪芹在极其敏感的地方大胆落墨，可谓惊人之笔。

实际上，除了林黛玉"骂"皇帝外，《红楼梦》中还有许多对皇帝冒犯、揶揄之处。还是在第十六回，当凤姐说起"当年太祖皇帝仿舜巡的故事，比一部书还热闹"的话题时，作者通过赵嬷嬷之口，再次对皇帝进行了无情抨击。赵嬷嬷把"接驾"说成是"虚热闹"，并说："只预备接驾一次，把银子都花得淌海水似的！"说完觉得不过瘾，她又补充说道："银子成了泥土，凭是世上所有的，没有不是堆山塞海的，'罪过可惜'四个字，竟顾不得了。"熟悉清代历史的人都知道，康熙、乾隆数次南巡，耗尽民财，弄得"江南匮乏"。曹雪芹以"银子都花得淌海水""银子成了泥土"为喻，揭露皇帝南巡劳民伤财的弊端，揭露封建统治者穷奢极欲、挥霍无度的本质，确实有秉笔直书的魄力，值得一赞。

第四十六回，鸳鸯为了拒绝做贾赦的小老婆，竟说："我这一辈子莫说是'宝玉'，便是'宝金''宝银''宝天王''宝皇帝'，横竖不嫁人就完了。"大家知道，乾隆在未做皇帝前，原称"宝亲王"，即位以后就是"宝皇帝"，曹雪芹通过一个女奴之口，表现出对皇帝的轻蔑，也实出人意料。

大观园里吃螃蟹

　　吴大舅，在《金瓶梅》中，是西门庆的大舅子哥，有个一官半职。刘姥姥，在《红楼梦》中，是一个来自乡下的75岁老太婆。吴大舅吃螃蟹在先，刘姥姥为螃蟹宴算账在后。早就有人指出，《红楼梦》和《金瓶梅》有借鉴和继承关系，这一点，从两部小说中吃螃蟹的情节中也可看出些许端倪。

先看吴大舅吃螃蟹。《金瓶梅》第六十一回中，常时节为了答谢西门庆赞助了几两银子的购房款，特意买了两大只院中"炉烧熟鸭"，并叫妻子亲自制作了拿手的"螃蟹鲜"，用食盒装了送到西门庆家中。西门庆打开食盒观看，只见"四十个大螃蟹，都是剔剥净了的，里边酿着肉，外用椒料，姜蒜米儿，团粉裹就，香油炸，酱油醋造过，香喷喷酥脆好食"。谢希大吃后，连说："这般有味，酥脆好吃"。吴大舅尝过后夸奖说："我空痴长了五十二岁，并不知螃蟹这般造作，委的好吃！"四十个大螃蟹得花费多少，书中没说。当然，西门庆家吃螃蟹不只这一次。第五十八回，西门庆过完生日的第二天，"吴月娘买了三钱银子螃蟹，午间煮了，来在后边院内请大姑子、李桂姐、吴银儿众人，都围着吃了一回"。只是这次吃螃蟹，没有吴大舅的份儿罢了。

再看大观园里吃螃蟹。《红楼梦》第三十八回，大观园成立了海棠诗社，第一次雅集没有史湘云。史湘云次日补作了海棠诗，要做东举办第二次雅集。薛宝钗让薛蟠搞来三大篓极大的螃蟹，几坛好酒，四五桌果碟。于是，大家持蟹咏了菊，又咏了蟹。第三十九回，刘姥姥为这顿七八十斤的螃蟹宴算了一笔账："这样螃蟹，今年就值五分一斤。十斤五钱，五五二两五，三五一十五，再搭上酒菜，一共倒有二十多两银子。阿弥陀佛！这一顿的钱够我们庄家人过一年了。"按照书中交代，这大螃蟹"一斤只好称两个三个"，七八十斤至少有两百个。西门庆的螃蟹宴有四十个，比起大观园盛大螃蟹宴，可谓"小巫见大巫"。不过，西门庆家的螃蟹，是常时节妻子精心制作的，味道独特，故吴大舅说白活了五十二岁不知道螃蟹的"这般造作"。大观园里的螃蟹是"放在蒸笼里"蒸制而成，蘸着姜米、醋等佐料吃，属于常见吃法。

吃螃蟹，在明清时代属于高档消费，一般人家很难吃得起。刘姥姥那句"这一顿的钱够我们庄家人过一年的了"，绝非夸大其词。据记载，当时的米价为每石一两银子左右，二十多两银子可买二十多石米，若一户以五口人计算，一年的口粮最多也不过十两到二十两银子，足见刘姥姥所说完全符合当时的实际情况。"一裘而费中人之产，一宴而糜终岁之需"，两本小说写吃螃蟹的普通情节，充分反映了封建社会贫富悬殊的社会真相。

"桂霭桐阴坐举觞，长安涎口盼重阳。眼前道路无经纬，皮里春秋空黑黄。酒未敌腥还用菊，性防积冷定须姜。于今落釜成何益，月浦空余禾黍香。"这是薛宝钗写的诗，被称之为"食螃蟹绝唱"。实际上此是以闲吟景物为外衣的"伤时骂世"讽刺诗，所以众人评价道："只是讽刺世人太毒了些。"

"鸳鸯"的名字有说头儿

曹雪芹喜欢说反话，这在《红楼梦》人物命名上也能看得出来。"宝玉"虽贵，可惜是"假（贾）"的；"金桂"飘香，可惜是"夏金桂"，难怪脂批诘问："夏日何得有桂？"那么，贾母的贴身大丫鬟鸳鸯的命名，又有何深意存焉？这个问题也不简单。

鸳鸯古称"匹鸟"，成双成对生活，雌雄相伴不离。在文学作品中，常常用来比喻夫妻不离不弃或是称赞坚贞不屈的爱情。然而，《红楼梦》中丫鬟鸳鸯的命运，却与动物界的鸳鸯恰恰相反。难道曹雪芹把名字安错了吗？当然不是。这正是作者的寓意所在，而不是偶然随性为之，暗合着"假作真时真亦假，无为有处有还无"的创作主旨。

鸳鸯在曹雪芹笔下，是一个貌美心慧、温顺善良的姑娘。她从不倚仗贾母之势作威作福，倒是经常帮人排忧解难。第七十一回中，鸳鸯女无意遇"鸳鸯"——正碰上司棋与表弟潘又安在亲热。这事要被主子知道，二人便会没了命。所以，司棋哭求鸳鸯："我们的性命，都在姐姐身上，只求姐姐超生我们罢！"鸳鸯向她保证"横竖不告诉人"。后来，潘又安逃走，司棋病重，鸳鸯还亲自去看望司棋，并赌誓说："我要告诉一个人，立刻现死现报！你只管放心养病，别白糟蹋了小命。"

鸳鸯虽然心地善良，却是一个有志气、疾恶如仇的人。第四十六回写的是"鸳鸯女誓绝鸳鸯偶"一事。老色鬼贾赦看上了鸳鸯，让他老婆邢夫人来说媒。按说，在那个时代，当丫鬟的被大老爷看上，当个小老婆正是摆脱奴仆地位的最好出路。用王熙凤的话说："别说是鸳鸯，凭他是谁，哪一个不想巴高望上，不想出头呢？"邢夫人也认为："别说鸳鸯，就是那些执事的大丫头，谁不愿意这样呢？""放着主子奶奶不做，倒愿意做丫头！三年两年，不过配个小子，还是奴才。"出人意料的是，恰恰鸳鸯坚决不同意。鸳鸯说得很明白："别说大老爷要我做小老婆，就是太太这会子死了，他三媒六聘的娶我去做大老婆，我也不能去！""纵到了至急为难，我剪了头发做姑子去；不然，还有一死！"

鸳鸯嫂子来劝，说是"天大的喜事"时，也被鸳鸯爆粗口骂了个狗血喷头。她甚至跪在贾母面前，哭着发誓："我是横了心的……就是老太太逼着我，我一刀抹死了，也不能从命！"多么坚强，多么决绝，多么刚烈！这些话出自一个丫鬟之口，又是多么让人钦佩赞叹啊！为了保持女儿的尊严，她宁肯去当尼姑或是一死，誓与贾赦的淫威抗争到底，这种精神令人肃然起敬。

但是，鸳鸯的抗争并未能改变她最终的命运。贾

母死后，"鸳鸯女殉主登太虚"，上吊自尽了。（第
一百十一回）在一个正常的社会里，鸳鸯本应得到鸳鸯
一般的美满爱情，然而，在《红楼梦》反映的社会里，
一切都是反常的。清纯美丽的女儿都是薄命的，林黛玉
如此，鸳鸯也未能除外。叫鸳鸯的姑娘，不仅得不到真
正的爱情，还走上了绝路，这是多么深刻的讽刺，是多
么愤怒的控诉。鸳鸯这个名字的寓意，至此全面揭示出
来了。

曹雪芹的"春秋笔法"，真是值得探索和玩味。

第三辑

挺像那回事儿

曹操借他人之头安抚军心

《三国演义》里的曹操，是奸恶无比的。他为达目的不择手段。比如，在书中第十七回里，他向仓官借头稳定军心一事，就充分表现了他阴险毒辣的一面。

建安三年，曹操率十七万大军与袁术作战。双方相持月余，曹军这边"日费粮食浩大，诸郡又荒旱，接济不及"，只好向孙策"借得粮米十万斛"，结果还是不够用。管粮的仓官王垕向曹操请示"兵多粮少，当如之何"，曹操命王垕用小斛分散粮米，王垕担心兵士会心生怨恨，曹操说他自有办法。后来，曹操暗地派人到各军寨探听，兵士们果然"无不嗟怨，皆言丞相欺众"。眼见军心不稳，曹操便找来王垕，说是要借他的头"以示众耳"，吓得王垕忙喊"某实无罪"。曹操说："吾亦知汝无罪，但不杀汝，军必变矣。"说着，刀斧手不由分说地将王垕推出门外"一刀斩讫"，并"悬头高竿"，给他安上盗窃官粮的罪名。靠这招儿，曹操平息了众怒。

曹操自己出主意以小斛散粮，却借别人之头平息众怨，可谓歹毒至极。那么，历史上是否真有其事呢？在《三国志·魏书·武帝纪》注引《曹瞒传》中，可以找到此事的原始依据："（曹操）常讨贼，廪谷不足，私谓主者曰：'如何？'主者曰：'可以小斛以足之。'太祖曰：'善。'后军中言太祖欺众，太祖谓主者曰：'特当借君死以厌众，不然事不解。'乃斩之。取首题徇曰：'行小斛，盗官谷，斩之军门。'"拿这段记载和《三国演义》中的情节一比照就会发现，在《曹瞒传》中，是那个主粮官出的小斛散粮的主意，曹操只是认可后，见后果严重又杀人开脱自己的责任，这只能说他冷酷无情，还算不上奸诈阴险。

　　同样的事到了唐代李冗笔下，就有了微妙变化。他在《独异志》中记道："魏太祖军中粮乏，令主仓吏用

173

小斗。后军众有言，太祖归罪主吏，谓曰：'借汝死，令压众。'谤词遂息焉。"在这段记载中，小斗散粮的主意变成了曹操自己出的。这一改，曹操的歹毒便增加了三分。《三国演义》里写这件事，与《独异志》的思路如出一辙，即抓住曹操下令用小斛散粮这一点，把曹操奸恶的性格写得更加入骨，使它成为表现典型人物的典型事件。《三国演义》中这件事的描述只用了不到300字，但对曹操形象的塑造却起到了画龙点睛的作用。

对于《三国演义》里曹操借别人之头安抚军心的情节，毛氏父子在第十七回的回前总评里评价道："曹操一生，无所不用其借：借天子以命诸侯；又借诸侯以攻诸侯；至于欲安军心，则他人之头亦可借；欲申军令，则自己之发亦可借。借之谋愈奇，借之术愈幻，是千古第一奸雄！"一个"借"字，在曹操手中竟有如此之多的功用，再联系到他经常使用的"借刀杀人"和"借故杀人"案例（如杀杨修、杀祢衡等），难怪毛氏要视他为"千古第一奸雄"了。

貂蝉妹妹，你的名字叫"任红昌"

貂蝉，是《三国演义》中仅有的几个女性形象中着墨最多，也最有个性的一个。但是，三国时代究竟有没有一个名叫貂蝉的女子？她到底姓什么叫什么？由于正史无载，所以也就成了千古之谜。

貂蝉，本来是汉代初年兴起的一种武官戴的帽子。《后汉书·舆服志》对"貂蝉"的解释是："附蝉为文，貂尾为饰，谓之赵惠文冠。"后来，貂蝉逐渐衍变为一种官职名称，这是一种为皇帝作起居录的书记之类的官职。"貂蝉"作为人名出现，最初见于一本已经失传的《汉书通志》。鲁迅先生在《小说旧闻钞》里辑得《汉书通志》的一条佚文中提道：曹操未得志，先诱董卓，进刁蝉以惑其君。这里说的"刁蝉"也就是"貂蝉"。如此看来，貂蝉似乎实有其人。清人梁章钜经过一番考证，也得出了貂蝉有其人的结论，他在《归田琐记》中说："貂蝉事，隐据吕布传。"让我们看看《三国志·吕布传》是怎样说的："（董）卓常使（吕）布守中阁，布与卓侍婢私通。"梁章钜所指的貂蝉，就是这个与吕布私通的侍婢。

貂蝉也罢，侍婢也罢，都不是人的具体名字。被称

为"貂蝉"的这个美女，到底姓甚名谁，是何方人士，依然是疑云一团。成书早于《三国演义》的《新全相三国志平话》里，有一段貂蝉的自述，似乎可以解开这个谜团："贱妾本姓任，小字貂蝉，家长是吕布，自临兆府相失，至今不曾见面。"元代无名氏杂剧《连环计》中也有一段貂蝉的自报家门。她对王允说道："您孩儿（貂蝉自称）不是这里人，是忻州木耳村人氏。任昂之女，小字红昌。因汉灵帝刷选宫女，将您孩儿取入宫中，掌貂蝉冠来，因此唤作貂蝉。灵帝将您孩儿赐与丁建阳。当日吕布为丁建阳养子，丁建阳却将您孩儿配于吕布为妻。后来黄巾贼作乱，俺夫妻二人阵上失散，不知吕布去向。您孩儿幸得落在老爷（指王允）府中。"

平话和杂剧都说貂蝉姓"任"，尤其是杂剧说得又是如此详尽、合乎情理，恐怕源有所本。罗贯中写《三国演义》时，很可能根据自己的需要，对史料以及平话、杂剧进行了取舍，删去了貂蝉曾是吕布之妻的这种关系。因为，如果貂蝉是吕布的妻子，王允的"连环计"就无从下手了。罗贯中把貂蝉写成自幼就在王允家中，王允对她教以歌舞，以亲女待之，厚爱有加。在权奸篡政时，貂蝉自觉为王允分忧，卷入政治斗争的漩涡。所以，她在董卓面前表演舞乐时，唱的不是儿女情长之类的曲子，而是含有愤激之情的慷慨悲歌："一点樱桃启绛唇，两行碎玉喷阳春。丁香舌吐衡钢剑，要斩奸邪乱国臣！"

被献到董卓府中后，貂蝉利用种种机会，以姿色巧妙地制造吕布与董卓之间的矛盾，使他们"父子"反目，最后导致吕布亲手把董卓杀掉。"连环计"终于奏效。

貂蝉，姓任，原名叫红昌，后来因为官职改叫"貂蝉"。貂蝉曾于花前月下为王允祈祷拜月，时有彩云遮月，王允因之曰："貂蝉美色使月亮也躲到云彩后面去了。"现今"闭月羞花"中的"闭月"即由此而来。

关羽的老婆到底姓甚名谁？

在《三国演义》中，关于关羽家室的介绍非常简单，只是在第七十三回，关羽攻占襄阳城后，诸葛瑾对孙权说："某愿闻云长自到荆州，刘备娶与妻室，先生一子，次生一女。其女尚幼，未许字人。"这句是说，关羽到了荆州后，刘备帮他娶了妻子，并生下一男一女两个孩子，女孩年小还未出嫁。全书只有这寥寥数语，一笔带过。至于关羽妻子，究竟姓甚名谁，只字也没有提到。

不过，历史上的关羽并没有小说里那么不近女色。自古英雄爱美人，关羽自然难免此俗。《三国志·明帝纪》裴松之注引《献帝传》和《蜀记》，曾记述了关羽欲娶别人美貌之妻的一段史实："（秦）宜禄，为吕布使诣袁术，术妻以汉宗室女。其前妻杜氏留下邳。布之被围，关羽屡请于太祖，求以杜氏为妻，太祖疑其有色。及城陷，太祖见之，乃自纳之。"建安三年，曹操率领大军会合刘备东征吕布，吕布被围困在下邳城中，无奈派手下秦宜禄向袁术求救。结果，救兵没搬来，秦宜禄也回不了下邳，袁术便将一汉宗室女嫁给秦宜禄为妻，秦宜禄前妻杜氏却留在孤城之中。杜氏是一绝色美人，关羽爱慕已久，于是他向曹操请求城破之日，把杜氏许配给自己。而且请求了不止一次，"屡请于太祖"。因为"屡请"，引起曹操心疑和注意：这杜氏是何等人物，值得关羽三番五次地乞求于我？下邳城破

后，曹操把杜氏接进大帐，结果一见魂飞。曹操决定先下手为强，遂将杜氏据为己有。

国色天香、倾国倾城的杜氏，最终没能成为关羽的老婆。但是，在流传已久的民间说唱和戏剧中，关羽不但有老婆，还都是有名有姓的。传统淮剧《关公辞曹》中，曹月娥是曹操的义女，嫁给关羽为妻。关羽辞曹出走，曹月娥闻讯追赶，恳求与他同行。关羽不允，曹月娥便拔剑自刎。这是一出情怀壮烈、颇有特色的悲剧。明成化年间的说唱词话《花关索出身传》里，关羽的妻子名叫胡金定。

《三国演义》为什么不写正史上关羽那段风流韵事，甚至舍弃生动的民间素材不提他的家室妻儿呢？恐怕还是基于关羽早被世人奉为神明，写这些东西，有伤风雅，会影响到关公的正面形象吧。关羽有妻子，可她叫曹月娥，或是叫胡金定，还是另有她名？因正史无载，也许是个永远解不开的谜了。

看看诸葛亮怎样"踢皮球"

刘备并吞西川，得了巴蜀四十一州。孙权闻讯后，施展计策派"诚实君子"诸葛瑾到成都，哭诉一家老小已被监禁，希望诸葛亮念同胞之情，找刘备归还早年孙权借给他的荆州。刘备得知消息后，忙问计于诸葛亮，诸葛亮教刘备"只需如此如此"。那么，这个"如此如此"是什么策略呢？《三国演义》第六十六回揭开了谜底，就是来回"踢皮球"。

且说诸葛瑾见到弟弟诸葛亮便"放声大哭"，说："吾一家老小休矣！"诸葛亮见状开始了认真的"表演"。他劝慰哥哥说："兄休忧虑，弟自有计还荆州便了。"随即，便引诸葛瑾见刘备。刘备不允，"孔明哭拜于地，曰：'吴侯执下亮兄长老小，倘若不还，吾兄将全家被戮。兄死，亮岂能独生？望主公看亮之面，将荆州还了东吴，全亮兄弟之情！'"刘备再三不允，诸葛亮"只是哭求"。诸葛亮这一"引"、一"哭"、一"拜"、一"求"，就把其兄索要荆州的"皮球"踢给了刘备。

在诸葛亮的"苦苦哀求"下，刘备才勉强答应："看军师面，分荆州一半还之，将长沙、零陵、桂阳三郡与他。"此时,诸葛亮还不失时机地点拨道:"既蒙见允,便可写书与云长,令交割三郡。"刘备心领神会,给关羽写了交割三郡的信,并嘱咐诸葛瑾,见了关羽"须用善言求吾弟,吾弟性如烈火,吾尚惧之,且宜仔细"。刘备与诸葛亮一唱一和,把"球"在身边"盘带"了一大阵。随后,刘备一脚"长传",把球踢给了两千里地之外的关二爷。

诸葛瑾一路奔波到了荆州,关羽先是把他请入中堂,"宾主相叙"。诸葛瑾择机拿出刘备的交割信,谁

知关羽阅后却立刻变了脸："吾与吾兄桃园结义，誓共匡扶汉室。荆州本大汉疆土，岂得妄以尺寸许人？将在外，君命有所不受。虽吾兄有书来，我却只不还！"诸葛瑾软磨硬泡，要关羽看在诸葛亮的面上，先还了三郡。谁知，关羽"执剑在手"，怒曰："不看军师面上，叫你回不得东吴！"关羽这一个"大脚"，把"皮球"踢到九霄云外去了。

诸葛瑾在关羽面前碰了一鼻子灰，只好乘船"再往西川见孔明"，没想到诸葛亮"已自出巡去了"。诸葛瑾只好再找刘备，哭着把关羽差点杀了自己的事告诉刘备，刘备安慰他说："吾弟性急，极难与言。子瑜（指诸葛瑾）可暂回，容吾取了东川、汉中诸郡，调云长往守之，那时方得交付荆州。"诸葛瑾无可奈何，只好打道回府向孙权交差。孙权听说刘备有言先还三郡，随即"差官往三郡赴任"，不料，去三郡赴任的官吏"尽被逐回"。"皮球"踢了一圈又一圈，最终无影无踪了。荆州没要回来，孙权气得找来当初为刘备做保人的鲁肃问责。鲁肃却借机献上"屯兵陆口杀害关羽"的计策，接下来，便有了那场"关云长单刀赴会"的好戏。

诸葛亮智慧过人，把"还荆州"这个"皮球"踢来踢去，最终踢破了东吴孙权索要荆州这块战略要地的企图。"如此如此"，诸葛亮不愧是个"踢皮球"的高手。

诸葛亮"对症下药"医周瑜

《三国演义》第四十九回，赤壁大战前夕，孙刘联军和曹军摆开厮战架势，准备决一死战。然而，就在此时，孙刘联军的"前敌总指挥"周瑜却得了急病，且病得不轻：他"大叫一声"，"往后而倒，口吐鲜血，不省人事"。这下使得东吴的将领们"尽皆愕然相顾"，一时没了主意。

面对"江北百万之众，虎踞鲸吞"之势，周瑜的副手鲁肃更是"心中忧闷"，无奈之下，只好去请教"作客"东吴的诸葛亮。谁知道，诸葛亮却不慌不忙，胸有成竹地笑着说："公瑾之病，亮亦能医。"周瑜得的什么病，以致"心腹绞痛，时复昏迷"，"心中呕逆，药不能下"，鲁肃们谁也不知，唯独诸葛亮早已心知肚明。他知道，周瑜是万事俱备，只欠东风，眼看他精心策划的火攻计划就要泡汤，哪有不病之理？火攻计划关乎整个战局的成败，又是重大军事机密，对谁都不能说。因此，要治此"病"，必得采用一种医者与患者都心照不宣、心领神会的特殊方法，才能"对症下药"。

诸葛亮进得帐中，见到被左右扶起、坐在床上的周瑜，"孔明曰：'连日不晤君颜，何期贵体不安！'

瑜曰：'人有旦夕祸福，岂能自保？'孔明笑曰：'天有不测风云，人又岂能料乎？'瑜闻失色，乃作呻吟之声。孔明曰：'都督心中似觉烦积否？'瑜曰：'然。'孔明曰：'必须用凉药以解之。'瑜曰：'已服凉药。全然无效。'孔明曰：'须先理其气，气若顺，则呼吸之间，自然痊可。'"在两人这番一语双关的对话中，诸葛亮貌似嘘寒问暖，实则句句问病，"天有不测风云"一句直指"病根"，使周瑜慌张失色，只好用"呻吟之声"来掩饰自己的窘状。诸葛亮步步紧逼，并开出了"欲破曹公，宜用火攻；万事俱备，只欠

东风"的十六字"秘方"。而周瑜却步步退却，无法回避，最后不得不"以实情告之"，笑着说："孔明真神人也！早已知我心事。"

接下来，诸葛亮愿意帮着周瑜"借三日三夜东南大风"，以满足周瑜火攻曹军的要求，"瑜闻言大喜，蹙然而起"。诸葛亮用"借东风"这剂良药，当场治好了周瑜的心病，竟然让"心腹绞痛，时复昏迷"的周瑜喜不自禁，迫不及待地站了起来。

实际上，诸葛亮不仅足智多谋，能"医治"心病，而且对中医理论和实践确实深有研究。第四十三回"舌战群儒"中，他谈到久病沉疴的医治法理，就颇有见地："人染沉疴，当先用糜粥以饮之，和药以服之，待其脏腑调和，形体渐安，然后用肉食以补之，猛药以治之。则病根尽去，人得全生也。若不待气脉和缓，便投以猛药厚味，欲求安保，诚为难矣。"这段议论十分精彩，指出人患重病后，由于体弱应先以食疗为先，恢复正气后，再以猛药攻之，揭示了中医治病以正气为主、扶正祛邪的重要理念。如果不顾正气虚弱，滥施猛药厚味，强攻蛮补，难免会进一步损伤脏腑，"欲长安保，诚为难矣"。

当然，与其说诸葛亮是个"神医"，能包治百病，不如说这是作者罗贯中医药素养的具体体现。

"三国"的领导人会唱歌

三国时代的领袖人物个个既是沙场骁将，又是具有音乐修养和审美才能的乐坛翘楚。《三国志》和《三国演义》中都有对他们喜爱音乐的记载和描述。

诸葛亮高卧隆中时，"每晨夜从容，常抱膝长啸"，经常演唱《梁父吟》这个古曲。（《三国志·蜀书·诸葛亮传》）他不但喜欢"长啸"和古曲，还能亲自作词谱曲。《三国演义》第三十七回，刘备三顾茅庐，去隆中的路上，听到一个农夫在唱歌："苍天如圆盖，陆地似棋局；世人黑白分，往来争荣辱。荣者自安安，辱者定碌碌。南阳有隐居，高眠卧不足！"刘备闻听歌声，"勒马唤农夫问曰：'此歌何人所作？'答曰：'乃卧龙先生所作也。'"小说还在第九十五回专门写了"武侯弹琴退仲达"一节，在"空城"的危险状况下，诸葛亮"引二小童携琴一张，于城上敌楼前，凭栏而坐，焚香操琴"，从侧面表现了诸葛亮临危不惧、从容镇定的性格特点。

周瑜是吴国的守邦重臣，但他自幼便"精意于音乐，虽三爵之后，其有阙误，瑜必知之，知之必顾，故时人曰：'曲有误，周郎顾'"（《三国志·吴书·周瑜传》）。由于他对音乐精通、音乐鉴赏力极强，即使多喝了几杯，也能听出别人演奏时出错的地方，并马上会用眼神示意演奏者。"曲有误，周郎顾"这句民间谚语，流传很广，后世一直在传诵。《三国演义》第四十五回，在赤壁大战之时，周瑜与曹操的说客蒋干见面。一见面，周瑜就对蒋干说："子翼良苦，远涉江湖，为曹氏作说客耶？"蒋干一听赶忙解释："吾久别足下，特来叙旧，奈何疑我作说客也？"周瑜话里有话地对蒋干说："吾虽不及师旷之聪，闻弦歌而知雅意。"师旷是古代著名音乐家，善弹琴，辨音力极强，后世有"师旷之聪"一说。周瑜这句话言外之意表明自己早已知道蒋干作说客的来意，给了蒋干一个软钉子，封住了他的口。小说里的这句话十分贴合周瑜的身份、地位、修养和他与蒋干的同窗之谊。连毛宗岗都连连批注点赞："趣甚！不愧'顾曲周郎'。"

在《三国志》的记载中，曹操的日常生活几乎时刻都离不开音乐。他"御军三十余年，手不舍书，昼则讲武策，夜则思经传，登高必赋，及造新诗，被之管弦，皆成乐章"（《三国志·魏书·武帝纪》）。曹操建铜雀台的一个主要目的就是用来欣赏音乐："乐声竞奏，水陆并陈"。铜雀台聚集了一大批诗歌和音乐创作人才，创作的很多作品都流传百世，形成了建安文学的繁荣盛况。据史籍记载，汉魏时代的音乐主要有两大类，一类是雅乐，一类是俗乐。曹操喜欢的主要是俗乐。俗乐往往由一人领唱，然后三人相和；亦有三人演唱，其中一人吹管，一人打节拍，一人弹弦，同是主唱者。曹操临终时，还留下让他的后人保持铜雀台女乐们继续演出的遗令。可以看出，小说抓住曹操喜爱音乐这一点，塑造了一个活生生的人物形象。

此外，"三国"里的刘备、徐庶、司马懿等都具有音乐才能。他们或"狂歌于市"，或操琴低吟，抒发着自己的生活情趣和志向抱负。

鲁智深有个绰号叫"镇关西"

　　看到标题的读者不要惊诧，这"镇关西"不是状元桥下卖肉的郑屠的绰号吗，怎么成了鲁智深的曾用绰号呢？你慢慢听我道来。是的，鲁智深有个有趣的绰号"花和尚"，但他还有一个绰号确确实实曾经叫作"镇关西"。

　　鲁智深是《水浒传》中知名度很高的人物。他上梁山后虽然没大有重头戏，但就凭他上山前拳打镇关西、大闹桃花山、倒拔垂杨柳等精彩之举，已经给读者留下了深刻印象。实际上，水浒好汉的故事早在宋元时期就已广泛流传，成书在后的《水浒传》中许多故事情节和人物形象基本都能在宋话本、元杂剧中找到出处。而对于鲁智深出家前是什么出身，无论是《大宋宣和遗事》还是其他水浒故事，基本都没有交代。宋代《醉翁谈录》著录了《花和尚》话本，《宋江三十六人赞》也仅写了"花和尚鲁智深"。自此，"花和尚"作为鲁达鲁智深的绰号闻名于世。

　　"花和尚"这个绰号很容易引起误解，以为鲁智深是一个好色的和尚，因为"花"常与"色"发生关系，什么花姑娘、花为媒、花花公子之类。其实，鲁智深是

一个正派的人，且对于侮辱、欺压妇女及一切淫乱行为，都是深恶痛绝的。《水浒传》第三回，鲁智深为给受到郑屠欺诈的金翠莲出气，来到郑家"寻衅闹事"。被惹恼的郑屠拿刀要捅鲁智深，只见"在当街上，鲁达再入一步，踏住胸脯，提起那醋钵儿大小拳头，看着这郑屠道：'洒家始投老种经略相公，做到关西五路廉访使，也不枉了叫作镇关西，你是个卖肉的操刀屠户，狗一般的人，也叫作镇关西！你如何强骗了金翠莲'！"仔细看看鲁智深这番话，原来，在小说中，鲁智深曾做官至"关西五路廉访使"，"也不枉"一句是说，我叫"镇关西"当之无愧，你个卖肉的屠户根本不配叫作"镇关西"。当然，这里只是暗写，并没明说。

在《水浒传》成书之前的元代，时人康进之写有杂剧《梁山泊黑旋风负荆》。这出戏歌颂了宋江、鲁智深、李逵等好汉除暴安良的英雄行为，全剧四折戏悬念迭起，场面热闹，洋溢着幽默机智，充满了戏剧性。剧中，李逵曾对鲁智深有这样一段唱词："谁不知你是镇关西鲁智深，离五台山才落草，便在黑影中摸索也应着。"这句唱词已经明确说出了鲁智深的绰号叫作"镇关西"。《水浒传》中，鲁智深那番大骂郑屠的话里，指责郑屠不配叫"镇关西"的内容占了绝大部分，可见，让鲁智深恼火的是，除了郑屠以强凌弱的恶行外，郑屠叫了自己的绰号"镇关西"，构成"版权侵犯"也是一个重要的原因。

水浒人物中，几乎人人都有绰号，这种做法符合江湖好汉的习惯，给人物形象增添了不少光彩。至于鲁智深"镇关西"的外号为什么不如"花和尚"名气大，大概是因为"镇关西"是鲁智深在关西当官的绰号，官职已卸，再叫"镇关西"名不副实。鲁智深出家后成了和尚，而且在后背上纹有花绣（彩色文身），"花和尚"的绰号便为这位勇武壮汉增添了几分美感。

宋江服刑倒成了座上宾

宋江杀了阎婆惜，逃避在外，闹青州后带人马投奔梁山，后又听说老爹病故便回家奔丧，却被官府捉拿，刺配江州牢城服刑。宋江虽然因有"赦宥"而死罪轻判，但也得刺配服刑，但因为"县里府上都有相识"，又破费多少钱财打点"司法人员"，宋江从被捕到服刑期间，虽然是一个罪犯却过上了座上宾样的好日子。

先看宋江被捕的情形。第三十六回，郓城县新上任的两个都头带了一百余人来捉拿宋江。宋江"开了庄门，请两个都头到庄里堂上坐下，连夜杀鸡宰鹅，置酒相待。那一百士兵人等，都与酒食管待"。"当夜两个都头都在宋江庄上歇了。"这像逮捕吗？简直就是请客吃饭。把宋江请到县衙后，"满县人见说拿得宋江，谁不爱惜他，都替他去知县处告说讨饶，备说宋江的好处"。知县自己心里也有八分开豁他，"免上长枷手杻，只散禁在牢里"。那么，发配路上的情形又是如何呢？"只说宋江和两个公人上路，那张千、李万已得了宋江家中银两，又因他是个好汉，因此于路上只是伏侍宋江。"押解犯人的"公人"，倒成了"伏侍"宋江的奴仆。路上，累了，有人服侍；饿了，就"打火做些饭吃"。宋江这一路哪是去充军，倒像是去江州"旅游"。

再看他在江州服刑期间的情况。第三十八回，他不去拜见院长，而是故意延挨时间，等院长来找他，仿佛贵宾驾到。宋江亮明身份后，戴宗院长马上设东请客。在江州城里的酒肆里，宋江和戴宗院长"两个坐在阁子里，叫那卖酒的过来，安排酒果肴馔菜蔬来，就酒楼上两个饮酒"。当戴宗院长把李逵介绍给宋江，李逵一听

眼前的这个"黑汉子"正是"山东黑宋江"时，忙拍手叫道："我那爷，你何不早说些个，也教铁牛欢喜。"说着，"扑翻身体就拜"。然后，三人便喝起酒来。喝完酒，宋江还不尽兴，竟然提议："俺们再饮两杯，却去城外闲玩一遭。"戴宗奉承道："小弟也正忘了，和兄长去看江景则个。"宋江接着说："小可也要看江州的景致，如此最好。"收监期间，竟能去城外"闲玩"看看景致，宋江大哥你不是开玩笑吧？还真不是玩笑。戴宗院长、狱卒李逵陪着"犯人"宋江往琵琶亭上来。浔阳江边的琵琶亭，原本是唐朝白乐天的古迹，宋江来时，这里已改为酒馆。三个人"到得亭子上看时"，只见"琵琶亭上，有十数副坐头。戴宗便拣一副干净坐头，让宋江坐了头位，戴宗坐在对席，肩下便是李逵"。三人坐定，要了两樽上等好酒玉壶春，大碗喝酒，大块吃肉起来。看，这像犯人吗？这是在服刑吗？而且，宋江"因见鱼鲜，贪爱爽口，多吃了些"，吃坏了肚子，跑了几趟厕所，"营里众人都来煮粥烧汤，看觑伏侍他"。过了几天，宋江又"揣了银子，锁上房门，离了营里，信步出街来，径走入城"，然后登上浔阳楼，开怀畅饮。

　　如此自由自在，简直就是在休闲度假。但是不知为何，过着如此优越、悠闲的好日子，宋江竟然题起"反诗"来，好没来由啊。

武大郎的外号究竟是啥意思？

武大郎着实可怜，在《水浒传》中他只有姓，却连个名字都没有，只说他排行老大，遂呼他为武大郎或武大。不过，到了第二十四回，武大郎终于有了一个绰号："这武大郎身不满五尺，面目生得狰狞，头脑可笑，清河县人见他生得短矮，起他一个诨名，叫作'三寸丁谷树皮'。"清河县人给武大郎起这么一个拗口的外号，究竟是什么意思呢？

所谓"三寸丁谷树皮"，其实是一个组合词，即"三寸丁"和"谷树皮"，形容武大郎身材矮小，长相粗丑。据《隋书》记载："男女十七岁以下为中，十八岁以上为丁。"一个十八岁以上的成年人，却只有"三寸"高，这是用夸张的艺术手法形容人极其矮小。而"谷树皮"原作"榖树皮"。榖树又叫构树，据《本草图经》云：榖树有两种，其中一种皮有斑花纹，谓之斑榖。所以称武大郎为"榖树皮"，乃"甚言其皮色斑麻粗恶也"（见程穆衡《水浒传注略》）。武大郎皮肤粗劣且有花斑，疑其很可能患有白癜风，或因患天花而留下麻子脸。

"三寸丁谷树皮"在《水浒传》里有时也只称"三

寸丁儿”。如第二十五回，武大郎被西门庆踢中心窝后，有诗云“三寸丁儿没干才”。实际上，“三寸丁”的绰号不仅为武大郎专有，明代就有人将它作为外号称呼别人。据张岱《快园道古》卷十二载：“里中有胡矮子，诨名三寸丁。县前开一饭铺，饬极精腆，以胡饭出名。曾石卿作《黄莺儿》嘲之：‘胡饭三寸高，进阴沟带雉毛，鹅黄蚕蚕毡帽。扇套儿束腰，拐杖儿等梢，紫榆绰板棺材料，摇摇摇。重阳白菜，错认作老芭蕉。’”

另按，“三寸”在古代常指男人的“腰下三寸”，即男根。《金瓶梅》里有潘金莲骂西门庆的话：“你这行货子，干净是个没挽回的三寸货”。“行货子（今济南话音‘行行子’）”“三寸货”指的都是男根。清河县人将武大郎比作男根，不但形容其短小，还含有鄙薄揶揄之意。《金瓶梅》第一回这样描写武大郎：“人见他为人懦弱，模样猥衰，起了他个诨名，叫作‘三寸丁谷树皮’。俗语言其身上粗糙，头脸窄狭故也。”《金瓶梅》与《水浒传》一脉相承，这样解释也是不无道理的。

武大郎是《水浒传》中的人物，他只留下一个姓，但是沿袭到《金瓶梅》，作者为他起了名字：“那时山东阳谷县，有一人姓武，名植，排行大郎。”（第一回）近年来，随着武松故事的蹿红，一些地方志书也煞有介事地给武植编起了故事，说他是一个阳谷县的清官；更离谱的说法是，他身材高大，潘金莲也贤惠善良，夫妻恩爱相伴一生。应当说，就算是真有武植墓碑作证据，那么，这个武植和《水浒传》里的武大郎以及《金瓶梅》里的武植也是两条道上跑的车，风马牛不相及。

莫把小说当历史，武大郎就是一个卖炊饼的个体户。他既是暴发户西门庆借财势作恶的受害者，也是封建婚姻制度的牺牲品。"三寸丁谷树皮"与貌美风骚的潘金莲，既不般配，又无爱情可言，遂酿成他的悲剧。小说对这一人物的塑造相当成功，以致"武大郎"成了软弱无能者的代称。

方腊本名是"方脤"

"宋江投降了，就去打方腊。"《水浒传》里的方腊，乃小说家言，多与史传相悖。小说里说方腊出身樵夫，是个穷人，但有人说"方腊家有漆林之饶""家本中产"（**南宋曾敏行《独醒杂志》**）。原来，方腊家里有一个种植漆树（落叶乔木，籽可榨油，木材坚实，树干韧皮可割取生漆，为天然涂料、油料和木材兼用树种）林木的大园子，属于中产阶层。有趣的是，方腊本来也不叫方腊，而是叫"方脤"。

宋代有个叫张端义（1179—1248）的，写过一本笔记集，名称《贵耳集》，分为上、中、下三卷。在这本书里，张端义写道："方腊旧名'方脤'，此童贯改曰'腊'。""方脤"，这名字起得真牛！"脤"不是皇帝的自称吗？你一个中产阶层的臭小子，也敢以皇帝自居？大奸臣童贯一看，这不是犯上吗？大笔一挥，改了。自此，方脤就成了"方腊"。不仔细看，"脤"和"腊"还真有些相像哩（当然，和繁体的"臘"还是差别挺大的）。若如是，无论是史书所载，还是小说所叙，凡是"方腊"，均应恢复成"方脤"才对。

据档案记载，北宋徽宗二年（1120）十月，方腊组织起义，聚众百万，攻占六州五十二县，被奉为"圣公"，年号"永乐"，建立政权。次年四月，起义军最后在青溪帮源洞被宋军攻破，方腊妻孥兄弟等三十九名首领被俘。同年八月二十四日，方腊在汴京被处死，起义失败。但《贵耳集》却说，方腊没有被俘，"败后不知所终，被擒者非腊也"。到底信谁呢？

"李逵杀虎"的情节从何而来？

《水浒传》中李逵杀四虎的片段可谓句句精彩，字字妙绝。实际上，这个连金圣叹都曾打上问号的杀虎情节，并非施耐庵杜撰，而是有其所本，只是很少有人知道罢了。

第四十三回，李逵以为上了梁山就是当了官，他要背着瞎老娘上山"快活"享福。天色已晚，老娘口渴，李逵只好放下老娘去寻水。后来，他用一个石香炉取来了水，却不见了老娘。草地上有血，李逵"趁着那血迹寻将去"。在一个山洞口，"只见两个小虎儿在那里舐一条人腿"，知是老娘被虎吃了。李逵手中朴刀挺起，杀死了两只小虎，然后隐藏在洞内。这时，"只见那母大虫张牙舞爪，往窝里来"。那母老虎到洞口，"先把尾去窝里一剪，便把后半截身躯坐将进去"。施耐庵这样写，连金圣叹都发出了疑问："耐庵从何知之？"紧接着，李逵迅速掏出腰刀捅向母大虫尾底下，"舍命一戳，正中那母大虫粪门"，由于用力过猛，"和那刀靶也直送入肚里去了"。母老虎大吼一声，蹿出洞口，落崖而死。李逵接着又杀死了那只"忽地跳出"的吊睛白额虎。这个"黑旋风沂岭杀四虎"的故事，让天杀星黑旋风李逵大大地出了名。

老虎进洞，先用尾巴一扫，然后倒着进入洞中，这个细节令金圣叹称疑，其实这并不是施耐庵瞎编。不是瞎编，当然不是说施耐庵作为一介文人，要亲自去深入虎穴做一番体验，而是说这一细节是从宋元笔记里汲取素材进而再创作的。宋代洪迈《夷坚甲志》卷十四《舒民杀四虎》一文记载："绍兴二十五年（1155），吴傅朋说除守安丰军。自番阳遣一卒往呼吏士，行至舒州境，见村民穰穰，十百相聚，因弛担观之。其人曰：'吾村有妇人，为虎衔去，其夫不胜愤，独携刀往探虎穴，移时不返，今谋往救也。'久之，民负死妻归，云：'初寻迹至穴，虎牝牡皆不在，有二子戏岩窦下，即杀之，而隐其中以俟。少顷，望牝者衔一人至，倒身入穴，不知人藏其中也。吾急持尾，断其一足，虎弃所衔人，踉跄而窜。徐出视之，果吾妻也，死矣。虎曳足行数十步，堕涧中。吾复入窦伺，牡者俄咆跃而至，亦以尾先入，又如前法杀之。妻冤已报，无憾矣。'乃邀邻里往视，舆四虎以归，分烹之。"

该文所记舒州某村村民杀四虎为妻报仇，当系真人真事。这个村民有智有勇，明知山有虎，偏向虎山行，为救妻子，先是杀死了在岩洞下嬉戏的两只小虎，然后隐身在洞内时，乘母老虎倒身入穴，从背后斩其一足，使它跛足跌入深渊。又乘公虎也以尾先入洞时，依照旧法把它杀死。这个故事与李逵杀四虎如出一辙，且都是同时杀死二大虎二小虎，施耐庵肯定读过这个故事，并把它移植到李逵身上写入了《水浒传》。所以，鲁迅先生读此条笔记时也说："案《水浒》叙李逵沂岭杀四虎事，情状极相类，疑即本如此等传说作之。《夷坚甲志》成书于乾道初（宋孝宗乾道元年，公元1165年），此条题云《舒民杀四虎》。"（华盖集续编·马上支日记）

梁山好汉为何没有姓赵的？

《水浒传》一共写了725个人物，单从姓氏上看，该小说也可谓是宋元时代的集大成者。然而细心的读者可以发现，梁山一百单八将中涉及77个姓氏，却没有一个姓赵的，尽管赵姓在宋代《百家姓》中是名列第一的皇姓。这是作者有意为之，还是无意疏忽？

说是作者忘了赵姓，这是绝对不可能的。因为这部小说中，还是写到了13位赵姓人物，他们是：当朝皇帝宋徽宗赵佶、宰相赵哲、谏议大夫赵鼎、监战官赵安抚、雁门县富户赵员外、押送杨志的公差赵虎、阳谷县开纸马铺的赵仲铭、捉宋江的郓城县新任都头赵能和赵得、方腊的部下赵毅、童贯的部下赵潭、田虎的部下赵能、东京名妓赵元奴。13人中，除宋徽宗赵佶外，基本上都是正面人物或小人物。

在第七十一回梁山英雄排座次后，作者写了一篇赞词，开头两句是"八方共域，异姓一家"。可是这"一家"异姓的一百单八将，77个姓氏中，作者宁愿有7个姓李的（黑旋风李逵、混江龙李俊、扑天雕李应、催命判官李立、青眼虎李云、打虎将李忠、飞天大圣李衮），4个姓朱的（美髯公朱仝、神机军师朱武、笑面虎朱富、旱地忽律朱贵），4个姓张的（没羽箭张清、菜园子张青、船火儿张横、浪里白条张顺），4个姓杨的（青面兽杨志、病关索杨雄、锦豹子杨林、白花蛇杨春），也没有让一位梁山好汉姓赵，这不能不说是一件怪事。

实际上，《水浒传》开篇就表明了作者对赵姓的态度："后来感的天道循环，向甲马营中生下太祖武德皇帝来。这朝圣人出世，红光满天，异香经宿不散，乃是上界霹雳大仙下降。英雄勇猛，智量宽洪，自古帝王都不及这朝天子。一条杆棒等身齐，打四百座军州都姓赵。"（《水浒传·引首》）这里，几句话道破天机，原来在作者心目中，赵姓开国皇帝（赵匡胤）是"扫清寰宇，荡静中原"的英雄，是"自古帝王都不及"的天子。即使在官逼民反上了梁山后，小说中的好汉们想的也是如何报效赵家王朝。如第十九回中，阮小五唱道："打渔一世蓼儿洼，不种青苗不种麻。酷吏赃官都杀尽，忠心报答赵官家。"随后，阮小七也唱道："老爷生长石碣村，禀性生来要杀人。先斩何涛巡检首，京师献与赵王君！"两首渔歌，也充分表明了梁山好汉杀尽酷吏、贪官，都是为了效忠"赵官家""赵王君"。既然三十六天罡、七十二地煞都是靠"造反"起家的"强盗"，作者不用赵姓，显然是出于对赵氏王朝的尊重。

鲁迅先生在《三闲集·流氓的变迁》中评论说：

"一部《水浒》，说得很分明：因为不反对天子，所以大军一到，便受招安，替国家打别的强盗——不'替天行道'的强盗去了。终于是奴才。"《水浒传》虽然以写官逼民反为主旋律，甚至也写出了官逼民反的罪魁祸首是宋徽宗，但从根子上讲，梁山好汉们的"反"并不以推翻赵宋王朝为目标，作者甚至是抱着惋惜、同情赵家王朝被宋徽宗葬送这样一种态度来批判宋徽宗的，因此并无恶意。

这样分析，梁山好汉中没有姓赵的，也就情有可原了。

武松：从打虎英雄到打狗"狗熊"

众人皆知，武松是个打虎英雄。但是，要说武松打狗，而且最终还落败成了"狗熊"的故事，就很少有人知道了。

《水浒传》第二十三回到第三十二回，主要写的人物是武松，被称为"武十回"，是全书最精彩的笔墨篇章之一。故事主要讲述的是：武松寻兄，路过景阳冈打虎，成了人皆称赞的"英雄好汉"；其嫂潘金莲与西门庆通奸，毒死武大郎，武松杀死潘、西门后自首，被发配孟州；十字坡打店，巧会张青、孙二娘夫妇；天王庙举鼎，结识施恩，因打抱不平，快活林醉打蒋门神，遭张都监陷害，二次被发配；蒋门神指使打手中途暗算，反被武松杀死，夜回孟州手刃仇人；后得张青夫妇相助，改扮头陀前往二龙山；途经蜈蚣岭，剪除恶人吴千与李二头陀；路经白虎镇，误打孔亮，与宋江相会；最后会合鲁智深、杨志等智取二龙山，落草。可以说，武松是"武十回"刻意刻画出的一个完美的英雄形象，是勇武、侠义的化身。

在景阳冈，武松喝了十五碗酒，只"五七十拳"就徒手打死了为害一方的老虎，是何等威武！可同样

是喝了酒，且带着戒刀在土岗子打狗，武松却差点儿丢了性命。这打虎英雄又该是何等狼狈！请看第三十二回，武松打了孔亮以后，在酒店里，"把个碗去白盆内舀那酒来只顾吃"，"没半个时辰，把这酒肉和鸡都吃个八分"。武松吃饱喝足，便走出店门，沿河而行。此时，武松一如在景阳冈一般，已是醉态十足，他"捉脚不住，一路上抢将来。离那酒店走不得四五里路，旁边土墙里走出一只黄狗，看着武松叫"。黄狗冲着武松大叫，自然惹恼了打虎英雄武松，"武行者看时，一只大黄狗赶着吠"。大黄狗不买打虎英雄的账，还追着武松狂吠。酒后的武松自然气不过，"恨那只狗赶着他只管吠，便将左手鞘里掣出一口戒刀来，大踏步赶"。谁知，那只黄狗只是绕着河岸狂叫。武松"一刀砍将去，却砍个空"。由于"使得力猛，头重脚轻，翻筋斗倒撞下溪里去，却起不来"。时值寒冬，溪水虽然不深，却十分寒冷。武松爬起身来，"却见那口戒刀浸在溪里"。武松便低头去水中捞刀，结果又跌落水中，"只在那溪水里滚"。最终，他被一二十个庄客生擒活捉，打虎英雄打一只狗而不成，自己倒成了"落水狗"，被众人"剥了衣裳，夺了戒刀、包裹，揪过来绑在大柳树上"，挨了一顿藤条鞭打。

"武十回"从武松打虎始，以打狗反被狗欺终。要不是宋江及时出手相救，恐怕他早就丢了卿卿性命。明知山有虎，偏向虎山行，是武松侠义威猛的性格使然。

打狗时，他却连刀都拿不住，倒在不深的水中爬不起来，又展示了他普通人的一面。打虎时，人们把他捧上"神坛"，打狗时，让他从"神坛"跌落。武松是人不是神，这或许正是施耐庵先生看似闲笔实则用意深焉、高人一等的写作手法吧。

朱贵的绰号"旱地忽律"是啥意思?

　　朱贵,《水浒传》中的人物,今临沂沂水县人。他在梁山上属于元老级人物,其职业是探听消息、邀接来宾的头领。豹子头林冲就是由朱贵引路而上梁山泊的。水浒中的人物,大都有绰号,朱贵自然也不例外,号曰"旱地忽律"。其他人的绰号,大多可以"望文生义",知一知二;而"旱地忽律"一名,"旱地"易解,"忽律"却有些费解。有人认为,"忽律"是蜥蜴或蛇,也有人认为是"雷声",众说纷纭,莫衷一是。笔者倒是赞同"忽律是鳄鱼"一说。

　　"忽律"亦写作"忽雷""骨雷""忽峁"等。唐宋时期,我国南方临海一带的鳄鱼栖息地还是很多的。据宋代李昉编纂《太平广记》第四百六十四卷引《洽闻记》记载:"扶南出鳄鱼,大者二三丈,四足,似守宫状,常生吞人。扶南王令人捕此鱼,置于堑中,以罪人投之,若合(该)死,鳄鱼乃食之;无罪者,嗅而不食。鳄鱼,别号忽雷,熊能制之,握其嘴,至岸裂擘食之。一名骨雷,秋化为虎,三爪,出南海恩、雷州,临海英潘村多有之。"鳄鱼是一种能食人的水中凶猛动物,扶南王用它来判定一个人是否有罪,自然荒唐。至于说它一到秋天，就会变成三只脚的老虎，更是荒诞不经。唯独更加凶猛的熊类是鳄鱼的克星，因为熊可以趁鳄鱼露出水面之际，迅速咬住鳄鱼嘴，将其拖至岸边，撕咬而食。可见，鳄鱼（忽律）离开水，到了旱地上，就失去了"用武之地"，只能被"裂辟食之"。

朱贵身材长大，貌相魁宏，双拳骨脸，三丫黄髯。他原是梁山泊初期头领王伦的耳目。林冲火并王伦后，拜晁盖为王，朱贵作为梁山泊南山酒店的头领，擅长用蒙汗药药昏店客。青眼虎李云、神行太保戴宗即是他用此法带上梁山的。他虽然长得威猛魁梧，但在梁山上的作为却无明显的过人之处。招安后，奉旨征剿方腊起义军时，朱贵在杭州染上瘟疫病亡，朝廷追封他为"义节郎"。清代程穆衡在《水浒传注略》一书中，曾谈及朱贵的绰号"旱地忽律"，认为这是说他在陆地上发挥不了潜在的本领，"在水中其恶如是，今在旱地，其恶又当何如？"结合朱贵一生的表现，程穆衡的说法是有些许道理的。

实际上，在朱贵之前的唐代，就有人用过"忽律"作为自己的名字。《唐书·张士贵传》："张士贵者，虢州卢氏人也，本名忽峍。善骑射，膂力过人。大业末，聚众为盗，攻剽城邑，远近患之，号为'忽峍贼'。"朱贵之绰号当本于此，也未必不然。

"忽律"，除前文所举异体写法外，还可以写作"惚狲"。如《水浒传》第二十三回：武松打死老虎后，又见"枯草丛中钻出两只大虫来"，吓出了一身冷汗。定睛看时，原来是两个穿着虎皮衣裳的猎户，只见"那两个人手里各拿着一条五股叉，见了武松，吃一惊道：'你那人吃了鸳䜴心、豹子肝、狮子腿，胆倒包着身躯！如何敢独自一个，昏黑将夜，又没器械，走过冈子来！'"

见绰号，如见其人，这是《水浒传》艺术的一大特色。

跟着梁山好汉"闹"元宵

小说《水浒传》中共出现"元宵"一词十九次，三次描写了在元宵节发生的故事。小说在对元宵盛况进行精彩描述的同时，还加进了刀光剑影、打打杀杀的戏码，使得大宋王朝的元宵节更加热闹起来。

《水浒传》第三十三回，宋江来到清风寨，投奔花荣，"住了将及一月有余，看看腊尽春回，又早元宵节近"。清风寨的居民一起商量放灯事宜，"准备庆赏元宵"。他们在大王庙前"扎缚起一座小鳌山，上面结彩悬花，张挂五七百碗花灯"，并在"家家门前扎起灯棚，赛悬灯火。市镇上，诸行百艺都有，虽然比不得京师，只此也是人间天上"。

元宵节那晚，"东边推出那轮明月上来"，宋江和几个随从去镇上看灯，"只见家家门前搭起灯棚，悬挂花灯，不计其数。灯上画着许多故事，也有剪采飞白牡丹花灯，并荷花芙蓉异样花火"。来到小鳌山（古有"结灯为山，祭祀太乙"的说法。宋元时期，元宵期间用多种彩灯堆叠而成巨鳌般高大山形的景状，称为鳌山。——笔者注）时，但见："山石穿双龙戏水，云霞映独鹤朝天。金莲灯、玉梅灯，晃一片琉璃；荷花灯、芙蓉灯，散千团锦绣。银蛾斗采，双双随绣带香球；雪柳争辉，缕缕拂华幡翠幕。村歌社鼓，花灯影里竞喧阗；织女蚕奴，画烛光中同赏玩。虽无佳丽风流曲，尽贺丰登大有年。"

谁知，正在兴致勃勃观灯时，宋江一行却被刘知寨手下逮了个正着，让他挨了一顿皮肉之苦，从而又引出了一段"花荣大闹清风寨"的故事来。

小说第二次写元宵节是在第六十六回。卢俊义、石秀等人身陷北京大名府大牢，而吴用、宋江等人决定利用正月十五元宵节之机放火营救。大名府内，为庆祝元宵节，"家家门前扎起灯棚，都要赛挂好灯，巧样烟火。户内缚起山棚，摆放五色屏风炮灯"，并在"大名府留守司州桥边搭起一座鳌山，上面盘红黄纸龙两条，每片鳞甲上点灯一盏，口喷净水。去州桥河内周围上下，点灯不计其数。铜佛寺前扎一座鳌山，上面盘青龙一条，周回也有千百盏花灯。翠云楼前也扎起一座鳌山，上面盘着一条白龙，四面灯火不计其数"。

正月十五上元佳节那天，"好生晴明"。"黄昏月上，六街三市，各处坊隅巷陌，点放花灯。大街小巷，都有社火。"正所谓："北京三五风光好，膏雨初晴春意早。银花火树不夜城，陆地拥出蓬莱岛。烛龙衔照夜光寒，人民歌舞欣时安。五凤羽扶双贝阙，六鳌背驾三神山。红妆女立朱帘下，白面郎骑紫骝马。笙箫嘹亮入青云，月光清射鸳鸯瓦。翠云楼高侵碧天，嬉游来往多婵娟。灯球灿烂若锦绣，王孙公子真神仙。游人辘辘尚未绝，高楼顷刻生云烟。"大名府里，好一派元宵佳节的盛况。

正当大名府元宵放灯、月光清射、游人流连之际，梁山兵马发起了对大名府的偷袭。但见："烟迷城市，火燎楼台。千门万户受灾危，三市六街遭患难。鳌山倒塌，红光影里碎琉璃；屋宇崩摧，烈焰火中烧翡翠。前街傀儡，顾不得面是背非；后巷清音，尽丢坏龙笙凤管。斑毛老子，猖狂燎尽白髭须；绿发儿郎，奔走不收华盖伞。耍和尚烧得头焦额烂，麻婆子赶得屁滚尿流。踏竹马的暗中刀枪，舞鲍老的难免刃槊。如花仕女，人丛中金坠玉崩；玩景佳人，片时间星飞云散。瓦砾藏埋金万斛，楼台变作祝融墟。可惜千年歌舞地，翻成一片战争场。"

热热闹闹、歌舞升平的元宵花灯会，顿时成了一片火光冲天、人仰马翻的战场。

更热闹的故事是《水浒传》第七十二回中东京汴梁城的那次元宵节。书中引用古人的一首词《绛都春》，来描写北宋时期东京街头正月十五元宵之夜的盛况景致："融和初报。乍瑞霭霁色，皇都春早。翠幰竞飞，玉勒争驰都门道。鳌山彩结蓬莱岛，向晚色双龙衔照。绛霄楼上，彤芝盖底，仰瞻天表。缥缈。风传帝乐，庆玉殿共赏，群仙同到。迤逦御香，飘满人间开嬉笑。一点星球小，渐隐隐鸣梢声杳。游人月下归来，洞天未晓。"

元宵节那晚，宋江与同柴进，依前扮作闲凉官，引了戴宗、李逵、燕青五个人，径从万寿门来求见李师师。正当浪子燕青搭桥牵线之际，不想黑旋风李逵却等不耐烦，竟然"提起把交椅，望杨太尉劈脸打来。杨太尉倒吃了一惊，措手不及，两交椅打翻地下。戴宗便来救时，哪里拦当得住。李逵扯下书画来，就蜡烛上点着"，他一面放火，一面将香桌椅凳打得粉碎。"宋江等三个听得，赶出来看时，见黑旋风褪下半截衣裳，正在那里行凶。四个扯出门外去时，李逵就街上夺条棒，直打出小御街来。宋江见他性起，只得和柴进、戴宗先赶出城，恐关了禁门，脱身不得，只留燕青看守着他。"这时，李师师家一时火起，"惊得赵官家一道烟走了"。

东京汴梁的元宵节，被闹得天翻地覆，虽然宋徽宗被"闹"得狼狈不堪，但是也让宋江招安大计功败垂成。

《水浒传》中的三次元宵节，可谓真"闹"！"闹"来"闹"去，最后"闹"出了"靖康南渡"的历史悲剧，也就不足为怪了。

孙大圣和他的老婆及兄弟姐妹们

没错，标题中的孙大圣说的就是那个闻名天下的美猴王——孙悟空。哈哈！孙大圣是从石缝里蹦出来的，怎么还会有兄弟姐妹们呢？别笑，还真有，可能他还有老婆哩。

打开小说《西游记》，首先呈现的就是石猴神奇怪诞的出生场景：花果山上有一块仙石，受日月精华，孕育仙胞。一日仙石迸裂，产下一石卵，见风化作一只石猴。这只石猴做了猴王后，远涉天涯，云游海角，拜师学艺，有了七十二变之术，博得个顶天立地、"齐天大圣"的美名。这只石猴自然是无父无母，当然也就谈不上兄弟姐妹了。且慢！这其实是明代小说《西游记》留给读者的印象。然而，溯本求源，孙大圣这一形象的演变却有着有趣的历史原型。

远的不说，宋话本《梅岭失妻记》就有了"齐天大圣"的影子。"且说那梅岭之北，有一洞，名曰申阳洞。洞中有一怪。号曰白申公，乃猕猴精也。弟兄三人，一个是通天大圣，一个是弥天大圣，一个是齐天大圣，小妹便是泗州圣母。这排行老三、上有两个哥哥的齐天大圣，神通广大，变化多端，能降各洞山

221

魈，首领诸山猛兽，兴妖作法，摄偷可意佳人，啸月吟风，醉饮非凡美酒。与天地齐休，日月同长。"很显然，这个"齐天大圣"已经是最接近小说《西游记》神话原型了。

后来，在元末明初杨景贤杂剧《西游记》中，孙大圣仍然是排行老三，但是少了一个二哥"弥天大圣"，多了一个姐姐和一个弟弟，成了兄妹五人，而名字改成了"通天大圣"，并且还有了老婆——金鼎公主。该剧第三本开场时便有孙大圣的一段自白："一自开天辟地，两仪便有吾身。曾见三界费精神，四方神道怕，五岳鬼兵嗔。六合乾坤混扰，七冥北斗难分。八方世界有谁尊？九天难捕我，十万总魔君。小圣弟兄姊妹五人，大姐骊山老君，二妹巫枝祇圣母，大兄齐天大圣，小圣通天大圣，三弟耍耍三郎。喜时攀藤揽葛，怒时搅海翻江。金鼎国女子我为妻，玉皇殿琼浆咱得饮。我盗了太上老君炼就金丹，九转炼得铜筋铁骨，火眼金睛。我偷得王母仙桃百颗，仙衣一套，与夫人穿着，今日作庆仙衣会去也。"在这里，孙大圣不但偷了王母娘娘的仙桃，还偷了她仙衣一套给自己的老婆穿上参加宴会去了。

相传在也是出于元人之手的杂剧《二郎神锁齐天大圣》中，所述孙大圣兄弟姐妹的名字和杂剧《西游记》中的又有差异："大哥通天大圣，吾神乃齐天大圣，姐姐龟山水母，妹妹铁色猕猴，兄弟是耍耍三郎。"该剧又把孙大圣还原成了"齐天大圣"，排行还是老三；只是大姐骊山老君"蒸发"了，换成了"龟山水母"，妹妹则成了"铁色猕猴"；按剧情，孙大圣的老巢也成了花果山水帘洞。小说《西游记》虽然成书在后，但在上述两剧的基础上，终于完成了孙大圣从猢狲精到石猴再到神猴，最后到西天取经英雄的定型。

孙猴子翻跟头的时速有多少?

大家知道，孙悟空翻一个筋斗可以远达十万八千里，这是说的是距离。可他这腾云驾雾的速度有多快呢? 小说《西游记》并没有给出明确答案。仔细翻阅小说，我们可以发现蛛丝马迹间透露出来的信息: 他刚学会此术时，速度很慢，而后随着术业的娴熟，腾云驾雾的速度也越来越快，最快时竟达270000公里/小时。

《西游记》第二回，美猴王跟着祖师修法三年，自认为"功果完备"，且"已能霞举飞升"。祖师让他"试飞"一次，孙悟空"打了个连扯跟头，跳离地面有五六丈，踏云霞去了。勾有顿饭之时，返复不上三里远"。一顿饭的时间，来回不过三里地。按古人的计算方法，一顿饭的时间为半小时，那么他的速度大约只有3公里/小时，和人的步行速度差不了多少。难怪祖师笑他: "这算不得腾云，只算得爬云而已。"然后，祖师传授给他能"将四海之外，一日都游遍"的"筋斗云"之秘诀: "念动真言，攥紧了拳，将身一抖，跳将起来，一筋斗就有十万八千里路哩!"孙悟空祖师所教，苦练一夜，终于学会了"筋斗云"。

《西游记》第三回，孙悟空学成后回到花果山，

众猴因要筹办武装，要去隔着二百里水路的傲来国买兵器，"好猴王，即纵筋斗云，霎时间过了二百里水面"。霎时间，相当于"片刻间"，一刻钟飞行了100公里，速度达到了400公里/小时，这速度已经超过今日的高速列车。有趣的是，孙悟空的飞行速度并不固定，而是有时快，有时慢。第六十六回，唐僧师徒在小雷音寺遇难，孙悟空去请救兵，只见他"纵一朵祥云，驾筋斗，径转南赡部洲去拜武当山"，"他在半空里无停止，不一日，早望见祖师仙境，轻轻按落云头"。小雷音寺距离武当山直线距离不过2000公里，不到"一日"按八小时计算，速度也只有250公里/小时。按说去请救兵，十万火急，孙悟空又在天空里无停止，不知为何飞行速度又慢了下来。第七十四回，孙悟空的筋斗云突然提速，按书中的第二十四回孙悟空所说，从长安到取经目的地灵山还有十万八千里，走到万寿山才"十停中还不曾走一停哩"。十万八千里减去一成，还剩九万多里。回到第七十四回，"好大圣，急翻身，驾起筋斗云，径投天竺，哪里消一个时辰，早望见灵山不远"。45000公里只用了一个时辰，平均速度已达到22500公里/小时，一秒钟就可飞行6.25公里，直逼第一宇宙速度的7.8公里/秒了，难怪人家老孙可以横行天下呢。

这还不算，回到第二十四回。在万寿山前，猪八戒对十万八千里的遥远路程有些发愁，道："哥啊，要走几年才得到？"孙悟空答曰："这些路，若任二位贤弟，便十来日也可到；若任我走，一日也好走五十遭，还见日色；若论师父走，莫想，莫想！"108000里一天走50回，还能见到太阳，按10小时计算，不算来回只算单程，孙悟空的飞行速度竟然高达27万公里/小时，实在令人匪夷所思。仔细算来，猪八戒、沙僧的飞行速度也达到了540公里/小时，也已接近现代小型飞机的飞行速度了。

孙悟空一个跟头的飞行速度这么快，实乃小说家言，不可较真。不过，闲着没事儿时算一下，还是蛮有意思的。

西游十国风情录

《西游记》中，唐僧师徒四人去西天取经，共经历了十个国度：乌斯藏国、宝象国、乌鸡国、车迟国、西梁女国、祭赛国、朱紫国、比丘国、灭法国和天竺国。那么，这十个国度究竟是何等模样呢？书中自有精彩描述。

第十八回，孙悟空大闹黑风山，火烧黑风洞后，和唐僧"行了五七日荒路，忽一日天色将晚，远远的望见一村人家"。孙悟空在街上扯住高太公的仆人高才问路。高才回答："此处乃是乌斯藏国界之地，唤做高老庄。"按下猪八戒入赘高家的故事不讲，单说这乌斯藏国："竹篱密密，茅屋重重。参天野树迎门，曲水溪桥映户。道旁杨柳绿依依，园内花开香馥馥。此时那夕照沉西，处处山林喧鸟雀。晚烟出爨。条条道径转牛羊。又见那食饱鸡豚眠屋角，醉酣邻叟唱歌来。"浓密的竹篱，错落的茅屋，庭院门前的参天大树，潺潺溪流小桥，道旁的绿杨翠柳，园内盛开的鲜花散发着浓郁的香味，红红的夕阳西下，山林里传出阵阵鸟鸣，家家炊烟袅袅，牛羊在路上漫步，家禽饱卧在房屋脚下，喝得尽兴的邻家老叟还唱起了歌。这是多么迷人、和谐的地方，绝对可与世外桃源相媲美。难怪猪八戒宁肯入赘高家，赖在乌斯藏国不走呢。

第二十九回，唐僧赶走了孙悟空，由猪八戒领路，"一程一程，长亭短亭，不觉的就走了二百九十九里"，来到了宝象国。宝象国"真好个处所也"，你看："云渺渺，路迢迢，地虽千里外，景物一般饶。瑞霭祥烟笼罩，清风明月招摇。律律崒崒的远山，大开图画；潺潺湲湲的流水，碎溅琼瑶。可耕的连阡带陌，足食的密蕙新苗。渔钓的几家三涧曲，樵采的一担两峰椒。廓的廓，城的城，金汤巩固；家的家，户的户，只斗逍遥。九重的高阁如殿宇，万丈的层台似锦标。也有那太极殿、华盖殿、烧香殿、观文殿、宣政殿、延英殿，一殿殿的玉陛金阶，摆列着文冠武弁；也有那大明宫、昭阳宫、长乐宫、华清宫、建章宫、未央宫，一宫宫的钟鼓管龠，撒抹了闺怨春愁。也有禁苑的，露花匀嫩脸；也有御沟的，风柳舞纤腰。通衢上，也有个顶冠束带的，盛仪容，乘五马；幽僻中，也有个持弓挟矢的，拨云雾，贯双雕。花柳的巷，管弦的楼，春风不让洛阳桥。"遗憾的是，景致这么美好的宝象国，却有个称作奎木狼星的黄袍魔王在此兴风作浪，十三年前的八月十五夜，掳走了国王的三公主百花羞。十三年后恰遇唐僧一行，由此引出了四战黄袍怪、义激美猴王等引人入胜的故事篇章。

唐僧四人在第三十九回来到了乌鸡国。进得城来，但"只见街市上人物齐整，风光热闹，早又见凤阁龙楼，十分壮丽"。不光如此，作者还来了个"有诗为证"，云："海外宫楼如上邦，人间歌舞若前唐。花迎宝扇红云绕，日照鲜袍翠雾光。孔雀屏开香蔼出，珍珠帘卷彩旗张。太平景象真堪贺，静列多官没奏章。"乌鸡国一片歌舞升平盛世景象，这让唐僧感到十分欣慰。但不幸的是，真国王早在三年前被妖怪推进了花园内一眼八角琉璃井内。

三年前，乌鸡国的国王被青毛狮子怪假装道士，呼风唤雨，推进了御花园水井，而那妖怪却变成国王篡夺了王位。幸亏唐僧师徒来到乌鸡国，用"九转还魂丹"救活了真国王，降伏了假国王，乌鸡国的纲常伦理才得以肃正。

车迟国是唐僧一行经过的第四个国度，详见小说第四十四至第四十六回。虎力大仙、鹿力大仙、羊力大仙来到车迟国后被昏聩的车迟国国王尊为国师，在全国范围内独尊道教，四处捉拿佛徒到道家做苦役，并把他们虐待致死。国王听信三大仙的逸言，悬赏"若有官职的，拿得一个和尚，高升三级；无官职的，拿得一个和尚，就赏白银五十两"。尽管小说中没有直接描写车迟国的世态风情，但是字里行间无不透露出该国的一片凄凉景象和肃杀之气。幸亏孙悟空除了妖邪，训导了昏庸的国王，并救了他的性命，车迟国才算安宁下来。

第五十四回，唐僧等人来至"市井上人语喧哗"的西梁女国。西梁女国就是所谓"女儿国"，"自混沌开辟之时，累代帝王，更不曾见个男人至此"。从古至今、从帝王到百姓，西梁女国没有一个男人。所以，唐僧师徒刚到东关厢街口，西梁女国的女市民们便"一齐都鼓掌呵呵，整容欢笑"起来，并高呼着"人种来了！人种来了"的口号，吓得唐僧勒马难行。虽然西梁女国没有男人，国内倒也人丁兴旺、国泰民安。唐僧一行眼中的市井风情是这样的："房屋齐整，铺面轩昂，一般有卖盐卖米，酒肆茶房。鼓角楼台通货殖，旗亭候馆挂帘栊。"唐僧一行作为男种受到了女王、女官们的热烈欢迎，"拜舞称扬，无不欢悦"。女王甚至"强逼成亲"，她情浓意切地对众官说："寡人以一国之富，愿招御弟为王，我愿为后，与他阴阳配合，生子生孙，永传帝业。"若非唐僧取经之心坚定不移，女王的烟花之梦难以成真，恐怕这女儿国就会变成"西梁男国"了。

当然得多说一句，历史上的女国，并非国民都是女性，只是母系社会的遗绪，由女性统治的国度罢了。西梁女国全国老少没有一个男性，繁衍后代靠喝"子母河"怀孕生子的桥段，只是小说之言而已。

第六十二回至第六十四回，孙悟空三调芭蕉扇，扇灭了山火，继续西行。"行过了八百之程"，唐僧诸人来到了"西邦大去处"祭赛国。此时正值秋末冬初季节，但只见："野菊残英落，新梅嫩蕊生。村村纳禾稼，处处食香羹。平林木落远山现，曲涧霜浓幽壑清。应钟气，闭蛰营。纯阴阳，月帝玄溟；盛水德，舜日怜晴。地气下降，天气上升。虹藏不见影，池沼渐生冰。悬崖挂索藤花败，松竹凝寒色更青。"

郊外景色如此，祭赛国的都城规模更是十分壮观，"四面有十数座门，周围有百十余里，楼台高耸，云雾缤纷"。远远望去："龙蟠形势，虎踞金城。四垂华盖近，百转紫墟平。玉石桥栏排巧兽，黄金台座列贤明。真个是神洲都会，天府瑶京。万里邦畿固，千年帝业隆。蛮夷拱服君恩远，海岳朝元圣会盈。御阶洁净，辇路清宁。酒肆歌声闹，花楼喜气生。未央宫外长春树，应许朝阳彩凤鸣。"

　　唐僧师徒进得都城，城里的景致更是令人感叹，"只见六街三市，货殖通财，又见衣冠隆盛，人物豪华"。看到这番景象，唐僧认为这祭赛国一定是"国王有道，文武贤良"。况且，这祭赛国在当年曾有"四夷朝贡：南，月陀国；北，高昌国；东，西梁国；西，本钵国。年年进贡美玉明珠，娇妃骏马"。哪知，听"护国金光寺"的和尚细说，唐僧一行才知，祭赛国"文也不贤，武也不良，国君也不是有道"。由于龙怪偷窃了护国金光寺宝塔中的舍利子镇塔佛宝，国王便认为是和尚们偷了，于是派锦衣卫将"僧众人拿了去，千般拷打，万样追求"，三辈和尚打死了两辈，剩下的这辈又被"问罪枷锁"。和尚一番哭诉，惹得孙悟空、猪八戒大怒，于是一番荡怪降妖，缚住龙婆，寻回佛宝，孙悟空还亲自给金光寺改了个名字，曰"敕建护国伏龙寺"。此举挽救了众僧，挽救了佛寺，也挽救了祭赛国。

　　第六十八回中，唐僧等人来到的是朱紫国。朱紫国里的"人物轩昂，衣冠齐整，言语清朗"，万千气象不亚于大唐世界。四人至城门下马，过桥，又走过三重城门，城内景象更令唐僧啧啧称叹："真个好个皇州！"但见："门楼高耸，垛迭齐排。周围活水通流，南北高山相对。六街三市货资多，万户千家生意盛。果然是个帝王都会处，天府大京城。绝域梯航至，遐方玉帛盈。形胜连山远，宫垣接汉清。三关严锁钥，万古乐升平。"这么祥和的国度，国王却有块心病，三年前端午节那天，麒麟山的妖怪赛太岁抢走了金圣宫王后，国王大为惊恐，竟"把那粽子凝滞在内"，结果，苦疾三年，天下御医无人能治。于是有了后面三回书的故事，孙悟空施展其高明医术，用马尿配制的"乌金丹"为国王治好顽疾，又施计救回了金圣宫娘娘云云。

师徒们宿雨餐风，不惧劳顿，在小说第七十八回又来到一座城池，经询问得知，"此处地方，原唤比丘国，今改作小子城"。进城后，四人"到通衢大市观看，倒也衣冠济楚，人物清秀"。但见那："酒楼歌馆语声喧，彩铺茶房高挂帘。万户千门生意好，六街三市广财源。买金贩锦人如蚁，夺利争名只为钱。礼貌庄严风景盛，河清海晏太平年。"

上述这番描写，虽然透露出比丘国的繁华气概，但其中"夺利争名只为钱"一句，似乎也隐喻着一丝肃杀之气。尤其令唐僧四人不解的是，家家门前都放着一个鹅笼。原来是国王被妖魔所缠，身染重病。昏庸的国王听信妖术，要用一千一百一十一个男孩的心肝做药引子，才能有千年不老之功。为此国王下旨，命当地百姓选送小儿，装入鹅笼，听候使用。所以，"近有民谣"，把比丘国改称"小子城"。为了搭救孩童，孙悟空深入王宫，发现"国丈"和国王宠爱的"美后"原来是南极仙翁所骑的白鹿和一只白面狐狸精变化而成。于是，孙悟空施展神威，降伏白鹿，打死狐精。二妖现了原形，国王羞愧难当，低头认错。一千多个男孩的性命得救了，全城的老百姓都对师徒四人感恩戴德，开筵设席、好礼相送，师徒盘桓一个月，"才得离城"。

第八十四回、八十五回中，夏季的一天，唐僧师徒正在西行中，就有南海观音菩萨和善财童子对着唐僧喊道："不要走了，快早儿拨马东回，进西去都是死路。"唐僧正纳罕，菩萨指着西边警告说："那里去，有五六里远近，乃是灭法国。那国王前生那世里结下冤仇，今世里无端造罪。二年前许下一个罗天大愿，要杀一万个和尚。这两年陆陆续续，杀够了九千九百九十六个无名和尚，只要等四个有名的和尚，凑成一万，好做圆满哩。你们去，若到城中，都是送命王菩萨。"唐僧一听，吓得战战兢兢，孙悟空跃上云端，往下观看，"只见那城中喜气冲融，祥光荡漾"。孙悟空虽然有一副火眼金睛，但见此光景，也险些看走眼，心里忍不住夸道："好个去处，为何灭法？"

看了一会儿，天色渐晚，孙悟空看到的景象更是美艳至极："十字街灯光灿烂，九重殿香霭钟鸣。七点皎星照碧汉，八方客旅卸行踪。六军营，隐隐的画角才吹；五鼓楼，点点的铜壶初滴。四边宿雾昏昏，三市寒烟蔼蔼。两两夫妻归绣幕，一轮明月上东方。"好在孙悟空悉心观察，又施计策夜里把国王王后、文武百官、大小太监的头都剃成了和尚头，国王知道这是冤杀和尚的报应，只好拜唐僧为师，送他们出城。辞别之前，孙悟空还为"灭法国"改换国号为"钦法国"，并祝钦法国"海晏河清千代胜，风调雨顺万方安"。

离开长安十四载后，唐僧等一路西行，终于过了鸡鸣关，抵达天竺国。天竺国是唐僧西游过程中路过的十国之中最为繁荣昌盛的一个富贵场、温柔乡了。"虎踞龙蟠形势高，凤楼麟阁彩光摇。御沟流水如环带，福地依山插金标。晓日旌旗明辇路，春风箫鼓遍溪桥。国王有道衣冠胜，五谷丰登显俊豪。"国王有道、五谷丰登，这真是一片人间乐土。然而，月宫中的玉兔精也看中了这个国度。前年，玉兔在一个月夜将正在和国王一起赏月的公主"摄去"，扔在布金禅寺，自己却变作一个假公主，"知得唐僧今年今月今日今时到此"，便搭起彩楼扔绣球，哄着国王"欲招唐僧为偶"，并择吉日良辰，约定四天后成亲。哪知骗局被孙悟空识破，奋起千钧棒大战十数回合，那玉兔现了原身，随后被太阴星君捉回了月宫。最后，孙悟空又救出了被囚禁两年的公主。（见第九十三回至第九十五回）看来，天竺国已近佛地，但也并非一方净土，妖魔鬼怪还是常来此兴风作浪、祸害人间的。只有那佛祖灵山，仿佛才是真正的极乐澄明一世界。

唐僧师徒四人去往西天取经，一路上降妖驱怪，历尽千难万险。《西游记》作为一部神魔小说，对于各个国家市井风情的描写往往是锦上添花，它使作品本身更富有情趣和神韵，引起人们心灵上的共鸣。而且，书中多用诗词歌赋等艺术形式来描写风情，创造了一种情景交融、色彩纷呈的艺术境界。尽管其中不乏语言粗糙、重复类同、公式化、苍白乏味等缺点，不过，白玉微瑕，这在整体上无损于吴承恩将中国古典小说市井风情描写发展到一个"漱涤万物，牢笼百态"的艺术高峰。

"穿帮"！唐僧竟是早产儿

唐僧的身世，在《西游记》第八回和第九回之间的"附录"一章以及第三十七回中有详尽介绍。然而，前后对照就会发现，唐僧原来是一个在母亲肚子里待了不足七个月的早产儿。谓予不信，各位看官看来。

"附录"的标题是"陈光蕊赴任逢灾 江流僧复仇报本"，写道：唐太宗贞观十三年（639），海州秀才陈光蕊赴长安城应试，结果，"考毕，中选"，"唐王御笔亲赐状元，跨马游街三日"。没有想到的是，巡游到丞相殷开山的门前，正赶上丞相之女殷温娇"抛打绣球卜婿"，绣球"恰打着光蕊的乌纱帽"。于是，两人"拜了天地"，"二人同携素手，共入兰房"。次日，陈光蕊由魏征举荐，被唐太宗任命为江州州主。

陈光蕊参加的是殿试，按唐制，殿试时间是在三月初一，初二读卷，初三放榜。陈光蕊高中状元，"跨马游街三日"。次日，便被任为江州州主，由于皇帝催得紧，"勿误限期"，陈光蕊只好"谢恩出朝，回到相府，与妻商议，拜辞岳丈岳母，同妻赴江州之任"，其时为三月初七。原著可证，陈光蕊夫妇离开长安时，"正是暮春天气，和风吹柳绿，细雨点花红"，可见陈光蕊与殷温娇结婚是在春季三月无疑。

陈光蕊先是回到老家海州，接上母亲张氏同赴江州。"行路数日"后，到达万花店的刘小二家住宿。"张氏身体忽然染病"。三天后，陈光蕊怕"钦限紧急"，只好"赁间房屋"，让母亲暂住，并"付了盘缠与母亲，同妻拜辞前去"。此时，按照张氏的说法，已是"路上炎热"，并嘱咐陈光蕊"候秋凉却来接我"。天气炎热，但还没有到秋天，时间大约是在夏季的六月。谁知，陈光蕊这一去竟丢了性命。

陈光蕊与妻子"晓行夜宿，不觉已到洪江渡口"。正是在这洪江渡口，水贼刘洪见殷温娇长得"面如满月，眼似秋波，樱桃小口，绿柳蛮腰，真个有沉鱼落雁之容，闭月羞花之貌"，遂起歹心。三更半夜时，刘洪"先将家僮杀死，次将陈光蕊打死，把尸首都推在水里去了"。刘洪欺占挟持了殷温娇，换上陈光蕊的衣冠，带了官凭，到江州上任去了。殷温娇欲死不能，又"只因身怀有孕，未知男女，万不得已，权且勉强相从"。陈光蕊三月成亲，六月身亡，此时殷温娇已有三个月身孕。但是为了给陈光蕊留下后代，殷温娇不惜忍辱相从。到达江州后，有一天，殷温娇"忽然身体困倦，腹内疼痛，晕闷在地，不觉生下一子"，这孩子就是日后的玄奘唐僧。

那么，唐僧究竟是何时出生的呢？在第三十七回中，唐僧亲口而言："当时我父被水贼伤生，我母被水贼欺占，经三个月，分娩了我。"六月陈光蕊身亡，"经三个月"，唐僧出生时应是当年九月。就算殷温娇成亲当晚怀孕，满打满算，三月到九月也就六七个月的时间，唐僧岂不是一个早产儿吗？民谚道："七活八不活。"唐僧虽然是个早产儿，但在医疗卫生条件低下的唐代却活下来了，而且日后还活得轰轰烈烈，为我们留下了一段西天取经的佳话，真该庆幸。

　　别和小说较真儿，何况还是神怪小说哩。

猪八戒的原配是裴海棠

　　大家都知道，猪八戒的老婆是高老庄的高翠兰。实际上，在不同时期、不同版本的《西游记》中，被贬凡间的猪八戒一共结过三回婚。他的原配，按词典的解释，即第一次娶的妻子，叫裴海棠；"第二任"妻子是卵二姐；高翠兰实际上是他的"第三任"妻子。

　　唐僧西天取经的故事，是宋元以来人们喜闻乐见的传奇故事。吴承恩的一百回小说《西游记》是根据此前的杂剧、平话等改编而成，所以对不少情节都做了较大改动。其中，猪八戒的婚事便是比较典型的一例。

　　在元代杂剧《二郎收猪八戒》和杂剧《西游记》中，猪八戒原配是裴太公的千金小姐裴海棠。原剧情是，裴海棠自幼被许配给朱太公的儿子朱生为妻。后来朱家因一场大火"烧了家缘家计，如今穷了"。于是，裴太公就想悔婚。但女儿裴海棠却不忘旧约，"夜夜焚香祷告，愿与朱郎相见"。她还派丫鬟梅香暗通书信，约朱生前来后花园相见。不料朱生"胆小不敢去"。结果，自号黑风大王的猪八戒得知消息后，"化作朱郎，去赴期约"，还自赞自叹道："对着月色，照着水影，是一表好人物。"猪八戒将裴海棠骗去黑风洞，临行前还关照梅香："爹娘问时，便说我和小娘子去来。"裴海棠走得当然也是心安理得："俺爹便知道呵，也不妨，元（原）定下的夫妻怎断？"裴海棠失踪后，裴太公误以为朱生拐骗了他女儿，便去朱家问罪；朱太公则认为"那老子必定将我媳妇儿嫁与别人了"，还使出这伎俩"悔这一桩亲事"。两家闹得不可开交，猪八戒却在旁独自乐："他两家打官司。打不打不干我事，每夜快活受用。"最后，裴海棠托孙行者传书父母，"二郎细犬"收服了猪八戒，裴海棠才得以被解救回家。

　　猪八戒的这一段婚姻，虽系欺骗而来，但在两人婚姻关系存续期间，老猪却堪称一个"模范丈夫"。为取悦妻子，他经常给裴海棠购置一些礼物；怕妻子在洞中寂寞，还找来四五个美女陪伴。裴海棠想家，他还想亲自陪伴她回家省亲。但是，这一情节到了小说《西游记》中却被舍弃了。小说中，猪八戒共有两次婚姻。头一次婚姻，在小说中没有铺展开来细写，而是出自猪八戒的自我介绍。第八回中，猪八戒亲口对菩萨承认了投胎后这一段姻缘："山中有一洞，叫作云栈洞。洞里原有个卵二姐。他见我有些武艺，招我做了家长，又唤作'倒插门'。不上一年，他死了，将一洞的家当，尽归我受用。"卵二姐是如何死的，书中没有交代，不好猜度。后来，猪八戒又听说高家"要招个女婿，指望他与我同家过活，做个养老女婿，撑门抵户，做活当差"。猪八戒转身便又入赘高老庄与二十岁的高翠兰结为夫妻。直到三年后，猪八戒被孙悟空收服，跟着唐僧取经去了。（第十八、十九回）

　　不同版本中猪八戒的三次婚姻，一次是骗婚，两次当"倒插门"女婿，但没有一次能善终，这也许是他"命中注定"吧。否则，猪八戒这个集猪、人、神、妖于一体的艺术形象，怎么能成为读者喜爱的喜剧人物呢？

孙悟空为何背不动唐僧？

孙悟空神通广大，一个跟头能翻十万八千里，但为什么一遇江河当道，就寸步难行，直接把唐僧背过去不就行了吗？实际上，不光孙悟空背不动，猪八戒更背不动，能驮着唐僧前行的只有白龙马。为什么呢？因为唐僧体重大大超标。唐僧虽是"骨肉凡胎"，体重却是"重如泰山"。

《西游记》第二十二回，唐僧一行行过了八百里黄风岭，秋末时节来到了"浑波涌浪"的流沙河前。唐僧望着水势宽阔的八百里流沙河，不由得忧嗟烦恼起来："怎不见船只行走，我们从那里过去？"在经过悟空和八戒与当地妖精一番鏖战之后，唐僧要孙悟空找个人家寻求过河之策。孙悟空说："这家子远得很哩！相去有五七千里之路，他哪里得知水性？问他何益？"这时候，猪八戒激将孙悟空说："哥哥又来扯谎了。五七千里路，你怎么这等去来得快？"孙悟空说："你那里晓得，老孙的筋斗云，一纵有十万八千里。像这五七千路，只消把头点上两点，把腰躬上一躬，就是个往回，有何难哉！"

看到这里，大家一定会想，既然孙悟空本领偌大，

为何不把唐僧背过河去呢？其实，猪八戒也是这么想的。他对孙悟空说道："哥啊，既是这般容易，你把师父背着，只消点点头，躬躬腰，跳过去罢了"。孙悟空反问说："你不会驾云？你把师傅驮过去不是？"注意！下面猪八戒的回答中无意透露了唐僧的体重，他说："师父的骨肉凡胎，重似泰山，我这驾云的，怎称得起？须是你的筋斗方可。"原来，别看唐僧骨肉凡胎，身高七尺，体重却如泰山一般，难怪孙悟空纵然能腾云驾雾，遇山劈山，遇水斩水，却也背不动自己的师父。他是这样回答猪八戒的："我的筋斗，好道也是驾云，只是去的有远近些儿。你是驮不动，我却如何驮得动？"

不光孙悟空、猪八戒背不动唐僧，就连那些妖魔鬼怪使尽各种招数，也不能把唐僧"带得空中而去"。妖怪们捉拿唐僧时，一般用的是摄法或缩地法，就是在地上把唐僧绑起来，拉着他或者让他自己走回去。因此，孙悟空徒弟几个只能一路历尽艰险保护唐僧去西天取经。唐僧果真如猪八戒所说的那样"体重如泰山"吗？神魔小说什么都写得出来，即使是"骨肉凡胎"也可无限夸张。但更重要的原因，还是孙悟空看得透彻："自古道：遣泰山轻如芥子，携凡夫难脱红尘。像这泼魔毒怪，使摄法，弄风头，却是扯扯拉拉，就地而行，不能带得空中而去。像那样法儿，老孙也会使会弄；还有那隐身法、缩地法，老孙件件皆知。但只是师父要穷历异邦，不能够超脱苦海，所以寸步难行也。我和你只做得个拥护，保得他身在命在，替不得这些哭恼，也取不得经来。就是有能先去见了佛，那佛也不肯把经善与你我。"那猪八戒听了这番话，才"诺诺听受"。

原来，只有唐僧本人苦历千山、寻经万水，遭够九九八十一难，才能取得真经。此乃如来旨意，只有这样才能实现唐僧临行前发的毒誓："定要捐躯努力，直至西天。如不到西天，不得真经，永堕沉沦地狱。"如此，唐僧之身才"重如泰山"。

孙悟空多大岁数成了佛？

西天取经归来，孙悟空终于修成正果，成了"斗战胜佛"。一路上，孙悟空言必自称"俺老孙"。那么，这个"老孙"到底有多老？成佛之时，老孙到底有多大岁数呢？这是个十分有趣的问题。

《西游记》第三回，梦中的孙悟空阳寿已尽，被"勾死人"套上绳拖进了幽冥界。原文写道："另有个簿子。悟空亲自检阅，直到那魂字一千三百五十号上，方注着孙悟空名字，乃天产石猴，该寿三百四十二岁，善终。""悟空拿过簿子，把猴属之类，但有名者，一概勾之。"由此可知，此时孙悟空的年龄是342岁。生死簿上把自己的名字一笔勾销，孙悟空自此就长生不老了。

孙悟空闹完地府，玉帝无奈决定招安，并封了他一个"未入流"的官职——弼马温。弼马温干了"半月有余"，得知自己干的是"后生小辈、下贱之役"，一气之下孙悟空便杀回了花果山。接风宴会上，众猴都道："恭喜大王，上界去十数年，想必得意荣归也。"孙悟空纳闷："我才半月有余，那里有十数年？"众猴道："大王，你在天上，不觉时辰。天上一日，就是下界一年哩。"（第四回）半月有余，就算16天，相当于世间的16年。

接下来，孙悟空做了"齐天大圣"，掌管蟠桃园。直到偷吃蟠桃与仙丹逃回下界。原文说："四健将打扫安歇，叩头礼拜毕，俱道：'大圣在天这百十年，实受何职？'大圣笑道：'我记得才半年光景，怎么就说百十年话？'健将道：'在天一日，即在地方一年也。'"（第五回）按照这个说法，半年光景也就是180天。按凡间纪年，孙悟空一共做了180年的齐天大圣，难怪众猴嗔怪他："大圣好宽心！丢下我等许久，不来相顾。"

后来，孙悟空大闹天宫被捉，在太上老君的八卦炉里炼了"七七四十九日"（第七回）。在世间也就是49年。出炉之时，孙悟空被如来佛祖压在了五行山下。此时，孙悟空的年龄大概为587岁。依照第十四回刘伯钦对唐僧的说法，孙悟空被压五行山下是在"王莽篡汉之时"。史载，王莽篡汉是公元8年的事。到唐贞观十三年（639）唐僧把孙悟空救出，孙悟空被压山下的时间一共是631年。如此一算，孙悟空随唐僧踏上取经路时，已经是1218岁高龄了。以此来看，孙悟空自称"俺老孙"是一点儿都没有错的。

取经归来的时间，按照书中第一百回唐太宗的说法："今已贞观二十七年矣。"（注：实际上贞观年号只有二十三年）从贞观十三年到贞观二十七年，取经共经历了"一十四遍寒暑"。孙悟空因"隐恶扬善，在途中炼魔降怪有功，全终全始，加升大职正果，汝为斗战胜佛"。这样算，成佛之时，孙悟空年龄为1232岁。

历史上，唐朝还真有一位高僧叫"悟空"。此"悟空"俗名叫车奉朝。他生于731年，卒于812年，享年81岁。有学者认为，车奉朝是小说《西游记》中孙悟空的原型。80多岁的高龄在平均寿命59岁的唐朝可谓是高寿了，不过比起小说人物"孙悟空"来说，还是差了不止十个层级。

《西游记》中的白龙马
是"真马真事"

　　《西游记》里上西天取经队伍"一行连马五口"之中，孙悟空、猪八戒、沙僧纯属虚构的形象。小说里的唐僧虽然也是虚构，但有其人物原型——唐代高僧玄奘法师，这是人们都知道的。而少有人知的是，"五口"中的白龙马实际上也有其原型，可以说是"真马真事"。

　　关于玄奘（非小说里的唐僧）生平的传记资料，最重要的是玄奘圆寂后不久由慧立撰写的《大慈恩寺三藏法师传》。据该传记载，玄奘"犯禁（偷越国境）西行"，离开凉州（今甘肃武威）后，由于关防严密，不敢公开露面，只好昼伏夜行。到了瓜州（今安西）耽搁了一个多月，后在州史李昌的帮助下，逃离瓜州。行前，玄奘买了一匹马，但苦于无人引路，遂招胡人石槃陀伴行过五烽（今甘肃新疆交界处）。次日，石槃陀引来一位骑着"瘦老赤马"的老胡。老胡十分熟悉西路的情况，他曾往返伊吾（今哈密）三十多趟。老胡劝说玄奘："西路险恶，沙河阻远，鬼魅热风，遇无免者。徒侣众多犹数迷失，况师单独，如何可行？愿自料量，勿轻身命！"玄奘决意西行，老胡只好提出不妨换乘他的瘦老赤马，这匹老马往返伊吾已经十五次，十分熟悉路途。玄奘经过思虑同意换马，正是这匹又老又瘦的红马使玄奘免于渴死在茫然无际的沙漠里。

在石槃陀伴行下，玄奘骑马西行。走到现在的疏勒河畔时，石槃陀因为路途艰险，表示不再伴送。玄奘只好一人一马，"孑然孤进沙漠矣"。这一去，差点让玄奘走上一条不归路。到达第一烽后，在烽官指点下，直接奔往第四烽。第四烽烽官建议玄奘避开第五烽，直奔百里之外的野马泉，并送给玄奘盛水的"大皮囊"和马麦。玄奘骑马走了一百多里却迷了路，没有找到野马泉。正准备下马饮水时，岂料"袋重失手覆之"。没了水饮用，要想过八百里沙漠，是吉是凶，可想而知。接下来的五天五夜，可以说是玄奘西行途中最艰险的一段了。

在四顾茫然的沙漠中，"夜则妖魅举火，灿若繁星；昼则惊风拥沙，散如时雨"。虽然玄奘"心无所惧"，但"苦于水尽，渴不能前"。结果，"四夜五日，无一滴沾喉，口腹干焦，几将殒绝，不能复进，遂卧沙中，默念观音，虽困不舍"。到了第五夜半夜，困顿中的玄奘突然感到有"凉风触身"，"冷快如沐寒水"，他眼前一亮，"马亦能起"。原来，昏沉中的玄奘做了一个梦，梦里有一个大神告诉他必须前行。玄奘遂"警悟进发"，刚前行十里，"马忽异路，制之不回，经数里，忽见青草数亩，下马恣食。去草十步，欲回转，又到池水，甘澄镜澈，即而就饮，身命重全，人马俱得苏息。……即就草池一日停息，复日盛水取草进发。更经两日，方出流沙到伊吾矣"。要不是瘦老赤马"忽异路"，找到这片水草地，玄奘怕早已呜呼，西天取经壮举也会到此戛然而止。

老胡的瘦老赤马救了玄奘，也挽救了取经大业。这匹红马，到小说中成了白龙马。多次危难之际，白龙马都是挺身而出，力挽狂澜，帮着唐僧取回了真经。

可怜这匹老马，是一匹识途老马！

陪唐僧在"外国"观花灯

唐僧师徒过元宵节，是在天竺国的金平府，浓郁的异国风情让这个故事更为出彩。《西游记》第九十一回"金平府元夜观灯，玄英洞唐僧供状"中，唐僧师徒四人离别了玉华国，来到了天竺国的外郡金平府。书中介绍，这里距离唐僧取经的目的地灵山还有两千里地。

唐僧师徒初到金平府，正值正月十三。按当地慈云寺的和尚们介绍，这天"到晚就试灯。后日十五上元，直至十八九，方才谢灯"。正月十五挂灯迎佛的习俗，起源于汉代，最早只在上元节这一天。到了唐代，元宵灯节大大延长，悬灯赏灯活动从正月十二三，一直持续到正月十八九。汉俗一般从正月十三"上灯"，十四为"试灯"，十五为"正灯"，十八为"落灯"亦称"谢灯"。唐僧一行离开长安十四载，才来到天竺国，不想这异国他乡的元宵观灯习俗竟与东土大唐毫无二致。

第三天，"此夜正是十五元宵"。慈云寺众僧力邀唐僧一行进城看灯。唐僧见到的元宵节盛况是："三五良宵节，上元春色和。花灯悬闹市，齐唱太平歌。又见那六街三市灯亮，半空一鉴初升。那月如冯夷推上烂银盘，这灯似仙女织成铺地锦。灯映月，增一倍光辉；月照灯，添十分灿烂。观不尽铁锁星桥，看不了灯花火树。雪花灯、梅花灯，春冰剪碎；绣屏灯、画屏灯，五彩攒成。核桃灯、荷花灯，灯楼高挂；青狮灯、白象灯，灯架高擎。虾儿灯、鳖儿灯，棚前高弄；羊儿灯、兔儿灯，檐下精神。鹰儿灯、凤儿灯，相连相并；虎儿灯、马儿灯，同走同行。仙鹤灯、白鹿灯，寿星骑坐；金鱼灯、长鲸灯，李白高乘。鳌山灯，神仙聚会；走马灯，武将交锋。万千家灯火楼台，十数里云烟世界。那壁厢，索琅琅玉轡飞来；这壁厢，毂辘辘香车辇过。看那红妆楼上，倚着栏，隔着帘，并着肩，携着手，双双美女贪欢；绿水桥边，闹吵吵，锦簇簇，醉醺醺，笑呵呵，对对游人戏彩。满城中箫鼓喧哗，彻夜里笙歌不断。"自此段描写可以看出，天竺国的花灯之盛、造型之繁、规模之大。男女群游，也足见百姓参与程度之高，参与范围之广。

唐僧一行又来到金灯桥上观看金灯。只见三盏金灯"有缸来大，上照着玲珑剔透的两层楼阁，都是细金丝儿编成；内托着琉璃薄片，其光幌月，其油喷香"。原来，这金灯的灯油用的是酥合香油，"这油每一两价银二两，每一斤值三十二两银子"。三盏金灯，"每缸有五百斤，三缸共一千五百斤，共该银四万八千两。还有杂项缴缠使用，将有五万余两，只点得三夜"。五万多两银子，只能点灯三夜，其奢侈浪费程度之高，令人咋舌。难怪当地僧人说，油户差徭不堪重负，"甚是吃累"，"每家当一年，要使二百多两银子"呢。官家的灯，烧的都是民脂民膏，这是作者吴承恩一个形象的隐喻。

正是这场元宵灯会，让唐僧又经历了一场劫难。青龙山玄英洞的三个犀牛妖精佯装佛爷来观灯，遂刮起一阵妖风，将唐僧摄到洞中去了。孙悟空、猪八戒、沙僧与三个妖精大战数场，后又搬来二十八星宿中的四木禽星前来助战，方才制服了妖怪，解救出唐僧，得以继续前往西天取经。（第九十二回）

元宵节，本来是个团圆的日子，奈何唐僧师徒却未能如愿。

看来，元宵节的月亮还是中国的圆。

《西游记》会议指南

小说《西游记》中大大小小的聚会，确实繁多。但正式冠以"会"并有故事情节的只有十次，分别是蟠桃盛会、龙华会、安天大会、丹元大会、仙酒会、盂兰盆会、人参果会、水陆大会、庆赏佛衣会、钉耙会。其中的丹元大会，在第五回中被太上老君提到过，至于规模如何、内容如何，作者语焉不详；而龙华会虽然被孙悟空第六十一回、七十一回提到了两次，小张太子在第六十六回介绍大圣国师王菩萨时提到过一次，黎山老母在第七十三回提到过一次，但其详情未述，字里行间透露出这是一次级别最高、最为神秘的会。除此而外，另外八次会议，均有详述。现将这八次会议的会议纪要分述如下，以飨读者。

蟠桃盛会

时间：（每年）农历三月初三。地点：瑶池。主持人：王母娘娘。

与会人员：西天佛老、菩萨、圣僧、罗汉，南方南极观音，东方崇恩圣帝、十洲三岛仙翁，北方北极玄灵，中央黄极黄角大仙等五方五老；五斗星君，上八洞三清、四帝、太乙天仙等众，中八洞玉皇、九垒、海岳神仙，下八洞幽冥教主、注世地仙，以及各宫各殿大小尊神。

会议内容：邀请各路神仙品尝蟠桃、龙肝凤髓、熊掌猩唇等百味珍馐、异果佳肴，饮用玉液琼浆、香醪佳酿。

备注：这一年的蟠桃会被弼马温孙猴子搅乱，没有开成。（见第五回）

仙酒会

时间：孙悟空偷吃蟠桃会仙品后的一天。地点：花果山。主持人：孙大圣。

与会人员：马、流二元帅，崩、芭二将军，七十二洞妖王等。

会议内容：众猴为孙大圣接风，孙大圣感谢众猴，并套用"美不美，家乡水"的俗谚发表了"我们就是'亲不亲，故乡人'"和"今朝有酒今朝醉，莫管门前是与非"的重要讲话。而后，他又一个筋斗，使了个隐身法，径回蟠桃会会址偷几瓶玉液琼浆，"将大的从左右肋下挟了两个，两手提了两个"回来，"会众猴在于洞中，就做个仙酒会，各饮了几杯"。席间，孙大圣的祝酒词是："你们各饮半杯，一个个也长生不老！"

备注：孙悟空的行径招来了天兵天将，经过一番天昏地暗的厮杀，孙方的独角鬼和七十二洞妖王悉数被捉，会议被迫中断。（见第五回）

安天大会

时间：孙悟空大闹天宫、被降伏压五行山下后。地点：玉京金阙、太玄宝宫、洞阳玉馆。主持人：如来。

与会人员：三清、四御、五老、六司、七元、八极、九曜、十都、千真万怪。

会议内容：本次会议系为感谢如来佛祖，庆祝"宇宙清平"而临时召开，由如来亲自命名为"安天大会"。会议流程有三项，一是由王母娘娘率一班仙子、仙娥、美姬、毛女，向王母娘娘敬献大株蟠桃并载歌载舞助兴。二是闻讯赶来的寿星向王母奉献紫芝瑶草和碧藕金丹。三是由赤脚大仙向王母敬献交梨二颗、火枣数枚。会议期间，既歌且舞，觥筹交错，走斝传觞，一片热闹景象。

备注：如来将"所献之物，一一收起"，并差人将写有"唵嘛呢叭咪吽"六字真言的帖子紧紧地贴在五行山上，那山自此"生根合缝"。（见第八回）

盂兰盆会

时间：（每年）农历七月十五日。地点：灵山大雷音寺。主持人：如来。

与会人员：诸佛、阿罗、揭谛、菩萨、金刚、比丘僧尼等众。

会议内容：首先，如来发表讲话。他说："今值盂秋望日，我有一宝盆，具设百样奇花，千般异果等物，与汝等享此盂兰盆会"。随后，如来将盆中的花果品物，"着阿傩捧定，着迦叶布散"给众神。福禄寿三老及众菩萨各献诗一首后，如来"微开善口，敷演大法，宣扬正果，讲的是三乘妙典，五蕴楞严"。

会议决定，由观音菩萨"远适东土，寻一个善信，苦历千山万水到西土佛处求得真经"，以便劝人为善，普度众生。

备注：此会是"安天大会"500年后而召开的一次最重要的佛界大会。（见第八回）

水陆大会

时间：贞观十三年，岁次己巳，九月甲戌，初三日，癸卯良辰。地点：长安城化生寺。主持人：玄奘。

与会人员：1200名高僧，唐太宗及文武百官、国戚皇亲。

会议内容：玄奘开演诸品妙经，大设道场。会议期间，引来了正在长安城访察取经善人的南海普陀山观世音菩萨，告知唐太宗，"在大西天天竺国大雷音寺我佛如来处"有大乘佛法三藏，"可以度亡脱苦，寿身无坏"，"能解百冤之结，能消无妄之灾"。唐太宗决定"且收胜会"，决定委派玄奘去西天取经。自此，开启了一段长达14年、惊天动地、妙趣横生的取经故事。

备注：该会本来安排会期长达"七七四十九日"，由于提前"收会"，共开了7天，九月初九结束。"九月望前三日"即九月十二日，唐僧正式出发。（见第十一回、十二回、十三回）

人参果会

时间：唐僧师徒经四圣试禅心后。地点：万寿山五庄观。主持人：镇元大仙。

与会人员：菩萨、寿星老、福星老、禄星老、唐僧师徒四人。

会议内容：酬谢菩萨用净瓶"甘露水"救活了人参果树的灵根。菩萨坐上面正席，三老坐左席，唐僧等坐右席，镇元子前席相陪，各食了一个人参仙果。有诗为证："万寿山中古洞天，人参一熟九千年。灵根现出芽枝损，甘露滋生果叶全。三老喜逢皆旧契，四僧幸遇是前缘。自今会服人参果，尽是长生不老仙。"

备注：初到五庄观，孙悟空、猪八戒趁主人不在家，偷吃了人参果树上的果子，被家童发现，争吵中，孙悟空一时念起，打倒了宝树。师徒四人自知理亏，赶紧逃跑，被云游回来的镇元大仙捉回。屡逃屡捉，无奈之下，孙悟空只好三岛求方，最后请来菩萨与三老救活灵根。镇元大仙欢喜之余，不计前嫌，遂举办人参果会，并和孙悟空结为兄弟。（见第二十五回、二十六回）

佛衣会

时间：春光时节。地点：黑风山。主持人：熊罴怪。

与会人员：拟请凌虚仙子、白衣秀士及各山道官。

会议内容：拟定观赏熊罴怪掠来的佛宝"锦襕佛衣"。

备注：在孙悟空的金箍棒下，白花蛇精白衣秀士、苍狼精凌虚道人被打死，熊罴怪被观音菩萨用如来佛赐予的"禁箍儿"收服。佛衣物归原主，"佛衣会"流产。（见第十七回）

钉耙会

时间：唐僧取经第十四年。地点：豹头山虎口洞。主持人：黄狮精。

与会人员：拟请九灵元圣、七个狮子精及本山大王约有四十位。

会议内容："治肴酌庆"黄狮精从天竺国玉华县玉华王府王子那里偷来的三样宝贝——仿照孙悟空三人兵器打造的金箍棒、九齿钯、降妖杖。

备注：由于孙悟空师兄弟与之一场恶战，"钉耙会"烟消云散，七个狮精被打死，九灵元圣被妙岩宫太乙救苦天尊捉回。三件宝贝物归原主。（见第八十八回、八十九回）

《西游记》中的这些会议，或为神仙盛会，或为佛界法会，或为人神聚会，或为妖魔黑会。与会人员形象不一，会议场面各异，作者叙述也精彩纷呈，各具特色。有兴趣的读者可找来原著，按照这份"会议指南"细细读来，岂不也是乐事一件吗？

《红楼梦》中"衡山抱水"大观园

　　大观园是曹雪芹在《红楼梦》中为我们描绘的一座极为优美的园林。这座文学作品中的园林，无论在规模、布局、造景、建筑风格、意境创造，还是在以景达情、情景交融以深化主题等方面都堪称我国古典园林在文学作品中的登峰再现。曹雪芹除对园内亭榭楼阁等建筑细致描写外，也深知山和水的重要性，并对大观园的山和水做了精心安排与交代：山清水秀，妙趣横生，令人神往。

　　大观园的山除了在第十七回至十八回全面交代外，还在第七十六回中对园内东部山做了详细补充。从全书的描写中可以看出，占地56万多平方米的大观园内，共有四处山。

　　第一座山是人工假山，位于大观园内南部近园门处，第十七回中贾政等人游园时，"遂命开门，只见迎面一带翠嶂挡在前面"。众人都赞道："好山！好山！"贾政说："非此一山，一进来园中所有之景悉入目中，则有何趣？"说着，大家往前一望，果然见此山是：白石峻嶒，纵横拱立，苔藓成斑，藤萝掩映，曲径通幽，花木成簇，一带清流。

大观园的主山在大观楼正殿建筑群之后，横亘在大观园北部。贾政不止一次提到的"主山"即此山。该山向东西两翼分脉，西部穿过衡芜苑，直至蓼汀花溆处；东部延伸至宁国府引来水源之岸边。该山以土为主，土中隐石。

另一座山是青山斜阻，该山在稻香村与潇湘馆之间。山坡下有井一口，井周围分田列亩，佳蔬菜花，漫然无际，构成山野农家之天然意境。

第四座山是园内东部之山，即山环佛寺处。该山有曲洞，山林中有女道丹房，山上有凸碧山庄，山坳近水，一个退居处还有凹晶溪馆。该山土石兼有，山势峻峭，有清净寺观之意境。

说完了山，再来说说大观园内的水。大观园的主要水系是从宁国府花园引来的。第十七回至十八回中介绍："原从那闸起流至那洞口，从东北山坳里引到那村庄里，又开一道岔口引到西南上，共总流到这里，仍旧合在一处，从那墙下出去。""那闸"说的是沁芳闸（桥），在大观园东北角，是宁国府会芳园引来水源的第一道闸涵，控制整个园内之水量。"那洞口"指的是蓼汀花溆处，在园内西北部。这是一条东西贯穿经正殿前的河流。"东北山坳里"，仍是沁芳闸（桥）处，"那村庄"即稻香村。"又开一道岔口引到西南上"，是说从稻香村近处又开了一条西南向的河流。"共总流到这里，仍旧合在一处"，贾珍说这话时，是刚从怡红院出来，故河流汇合处应在怡红院附近。另外，元妃省亲时回到荣国府，入园后被"跪请登舟"，等到"舟临内岸"，复又"弃舟上舆"。这说明从园门到正殿并没有笔直大道，而是有一处较大的湖泊。"从那墙下出去"，是指大观园与会芳园之间的墙，即大观园出水口。

大观园是曹雪芹总结当时江南园林和帝王园囿特色而创作出来的世外桃源。山水胜景，正是大观园特色之一。正所谓："衡山抱水建来精，多少功夫筑始成。天上人间诸景备，芳园应赐大观名。"

草长莺飞，跟曹雪芹一起放风筝

春意盎然，草长莺飞，又是放飞风筝的季节。曹雪芹就是一位放风筝的高手。他在《红楼梦》第七十回"林黛玉重建桃花社　史湘云偶填柳絮词"中就留下了一大段关于放风筝的热闹文字。

贾宝玉和姑娘们放风筝的起因是，贾赦的丫头嫣红放的一只风筝飘落到了潇湘馆。此时，贾宝玉一干人正在热烈讨论诸位所填柳絮词之优劣，帘外一个丫鬟嚷道："一个大蝴蝶风筝挂在竹梢上了！"众丫鬟见后笑道："好一个齐整风筝，不知是谁家放断了绳，拿下它来。"贾宝玉认出了这风筝是嫣红的，也想把它拿下来，探春怕犯忌讳，林黛玉也知道这是人家"放晦气"故意剪断放落的，于是提议大家"把咱们的拿出来"，一起去"放晦气"。

曹雪芹笔下的风筝可谓样式多种，有大蝴蝶、大凤凰、大鱼、大螃蟹、大红蝙蝠、一连七个大雁，还有喜字风筝、美人风筝等。放风筝的用具和附加物有缠线用的籰子（俗称线拐子），各式各样的"送饭的"（以纸圈、纸套之类套在风筝线上，利用旋升力使其慢慢升至风筝下端），还有拖在风筝后边能在半空中发出"钟鸣一般"声响的响鞭。谈到放风筝技巧，作者认为站在山坡高处更容易把风筝放起来。贾宝玉放了半天也没把美人风筝放起来，急得头上直出汗，原来是顶线没安妥。林黛玉又拿了一个打好顶线的风筝让宝玉放，"大家都仰面而看，天上这几个风筝都起在半空中去了"。放过风筝的人都知道，调整风筝顶线是放起风筝的一个关键技巧，曹雪芹当然熟谙此道。

　　放风筝是一种古老的户外活动。像曹雪芹所说，一是"图的是这一乐"，二是"放晦气"。放风筝时，故意剪断线绳放走风筝，谓之"放晦气"。拾了别人放落

的风筝，俗信认为不祥，会沾上晦气，是一种忌讳。清代李渔《风筝误》一剧中，有一个叫韩世勋的书生，把自己的忧愁和烦恼写在风筝上，句云："人间无复埋忧地，题向风筝寄与天。"其寓意便与"放晦气"相同。所以，林黛玉见紫鹃要拿嫣红放落的风筝时，便说："知道是谁放晦气的，快掉出去罢！"在林黛玉放飞风筝时，紫鹃"接过一把西洋小银剪子来，齐簎子根下寸丝不留，咯噔一声铰断，笑道：'这一去把病根儿可都带了去了。'"

《红楼梦》中关于放风筝的描写，生动具体，细腻逼真，妙趣横生。林黛玉的风筝飞走了，贾宝玉也剪断了风筝的线绳，两个凤凰风筝和"一个门扇大的玲珑喜字带响鞭"，绞缠在一起，"谁知线都断了，那三个风筝飘飘摇摇都去了"。最后，众姊妹都放去了。《红楼梦》中的"放风筝"不但没有放掉晦气，反而给贾宝玉、林黛玉及众姑娘的命运涂上了深深的悲剧色彩。

春色撩人，让我们跟着曹雪芹一起去放风筝吧。

让刘姥姥惊呆了的大挂钟

《红楼梦》第六回，关于刘姥姥在凤姐正屋东边房中等着要见凤姐的一段文字写得极其生动传神：

"刘姥姥只听见咯当咯当的响声，大有似乎打箩筛面的一般，不免东瞧西望的。忽见堂屋中柱子上挂着一个匣子，底下又坠着一个秤砣般一物，却不住的乱幌。刘姥姥心中想着：'这是甚么爱物儿？有甚用呢？'正呆时，只听得当的一声，又若金钟铜磬一般，不防倒唬的一展眼。接着又是一连八九下……"

刘姥姥待的这间屋，平时是贾琏的女儿大姐儿睡觉之所。她屋里挂的这个东西是什么，大部分读者都知道，这是自鸣钟。但是是什么样的钟呢？还真有人不一定能说准确。譬如，1964年人民文学出版社第6次重印的插图本《红楼梦》在注中就说："写刘姥姥不识大座钟的'挂摆'。"人家明明是"挂在"柱子上的大挂钟，怎么会变成"大座钟"呢？

钟表是舶来品，传到中国的时间是明朝万历八年（1580），它是意大利传教士罗明坚带到广州，送给两广总督陈瑞的。陈瑞收到后，"亲自动手做了调整，并按中国人的习惯把欧洲的24小时，改为中国独有的12

时辰"。外国商人首次向中国输入钟表是在清朝康熙五十五年（1716），不过数量有限。直到乾隆年间，钟表进口才日趋增多起来，而且也仅限于豪门望族所用。上面《红楼梦》中的那段描述，文字不多，但一写出了荣国府豪门之奢华，二写出了刘姥姥乡下人之窘态，可谓文学描写的大手笔。

《红楼梦》中宁、荣二府之奢华，并不仅仅是刘姥姥见到的这个大挂钟。第一百零五回，锦衣卫查抄宁国府，一下子就抄出了各式钟表18件。至于平日里"外间屋里榻上自鸣钟"当当响（第五十回），宝二爷"回手向怀内"一掏，就"掏出一个核桃大的金表来"（第四十五回），就连伺候王熙凤的奴仆差役"随身俱有钟表，不论大小事都有一定的时刻"（第十四回），足见在贾府内，钟表已不是什么稀罕物，而是成了安排家人起居生活的工具了。

曹雪芹先生是在乾隆二十九年（1764）去世的，在他生前，钟表还是珍贵商品，所以《红楼梦》第七十二回，王熙凤"那一个金自鸣钟才卖了五百六十两银子"。第三十九回中，刘姥姥见识了大观园中一顿吃了七八十斤的螃蟹宴，不由感叹："这样的螃蟹，今年就值五分一斤，十斤五钱，五五二两五，三五一十五，再搭上酒菜，一共倒有二十多两银子。阿弥陀佛！这一顿的钱，够我们庄家人过一年的了。"二十两银子，就够庄稼人过一年的，王熙凤用过的自鸣钟还卖了五百六十两银子，算下来她这个钟表，竟是一个普通人家二十八年的生活费。即使按今天的银价折合，一两银子约折合现今四百元，五百六十两银子也相当于今天的二十多万元。

刘姥姥被一个从未见过的大挂钟，吓得不住地"展眼"，这倒让我们更加了解了当时的社会现状。对区区一块钟表的细节描写，也不由让人更加佩服曹雪芹对生活的深刻观察和笔下的细致入微。

薛宝钗论画，"直是一个老画师"

在《红楼梦》中，薛宝钗可以说是最有争议的一个人物。喜欢她的人，认为她端庄持重、待人仁厚；批评她的人，认为她奸诈虚伪、矫饰阴险。但她才情学识高人一等，这是被读者公认的。薛宝钗不仅精通诗词戏曲，在绘画方面也有很多精到的艺术见解。难怪清代著名文学家、画家姚燮看了她的精彩画论，都情不自禁夸赞她："直是一个老画师"。

第四十二回中，大观园里的姐妹们讨论如何画"大观园行乐图"。其间，平日里罕言寡语的薛宝钗发表了极为重要的言论，她首先强调："如今画这园子，非离了肚子里头有几幅丘壑的才能成画。"也就是说，画大观园必须胸中先有一个大观园在。这话是颇有独特见地的。宋代大文豪苏轼在《筼筜谷偃竹记》中就说过："故画竹必先得成竹于胸中，执笔熟视，乃见其所欲画者，急起从之。"苏轼的学生晁补之也曾经这样说："欲可画竹时，胸中有成竹。"（《鸡肋集》卷八）薛宝钗紧紧抓住这一点，无疑是抓住了绘画要诀。

接下来，她就山石树木的远近疏密、添减藏露，楼台房舍的界划等向大家提出了具体的要求。她强调：

273

"这园子却是像画儿一般，山石树木，楼阁房屋，远近疏密，也不多，也不少，恰恰的是这样。你就照样儿往纸上一画，是必不能讨好的。这要看纸的地步远近，该多该少，分主分宾，该添的要添，该减的要减，该藏的要藏，该露的要露。这一起了稿子，再端详斟酌，方成一幅图样。第二件，这些楼台房舍，是必要用界划的。一点不留神，栏杆也歪了，柱子也塌了，门窗也倒竖过来，阶矶也离了缝，甚至于桌子挤到墙里去，花盆放在帘子上来，岂不倒成了一张笑'话'儿了？"关于画图中人物的安插，薛宝钗同样提出了自己的想法："要插人物，也要有疏密，有高低。衣折裙带，手指足步，最是要紧"。

薛宝钗的这番画论，大致包括以下几方面的内容：一是绘画创作前必须做到胸有成竹，着眼全局。这正如清代书画大家方薰所云："古人丘壑，生发不已，时出新意，别开生面，皆胸中先成章法位置也。"薛宝钗认为，只有胸中有丘壑，才能画出一幅源于现实的大观园行乐图来；二是说生活的真实不能等同于艺术的真实，不能依样画葫芦，一成不变地将生活复制下来，如果这样，纵然画得逼真，也不可能收到高于生活的艺术效果；三是艺术要敢于创新，要对生活进行艺术加工和概括，并进行再创作。要做到主次分明，相互映衬，藏露结合，繁简适宜，还要注重细节的真实，以防画出来的作品成了让世人笑话的"笑"画。

薛宝钗对绘画创作的艺术见解和审美观，可以说已经达到很高境界。她的画论是对中国古代绘画理论的深刻总结，不仅对于绘画创作有着指导意义，推而广之，而且对于一切文学艺术的创作实践也都有着普遍的理论价值。薛宝钗若不是一个"老画师"，很难想象她能如此生动地总结出这番理论来的。

薛宝钗不仅在绘画理论上有着高超的见解，而且对画纸、画具以及颜色搭配也有着自己的审美情趣及创作经验。

譬如，对绘画用纸，薛宝钗就和贾宝玉有不同的意见。贾宝玉说："家里有雪浪纸，又大又托墨。"薛

宝钗却反对说："我说你不中用。那雪浪纸写字画写意画儿，或是会山水的画南宗山水，托墨，禁得皴搜。若拿了画这个，又不托色，又难溇（纸面油光，难以着色——笔者注）染，画也不好，纸也可惜。我教你一个法子。原先盖这园子，就有一张细致图样，虽是匠人描的，那地步方向是不错的。你和太太要了出来，也比着那纸大小，和凤丫头要一块重绢，叫相公给矾了，叫他照着这个图样删补着立了稿子，添了人物就是了。"一番话说得那么在行，又那么具体，可谓头头是道，全是经验之谈。

如果再来看看薛宝钗为惜春开列的画具清单，就更能知晓薛宝钗对于绘画的精熟了："头号排笔四支，二号排笔四支，三号排笔四支，大染四支，中染四支，小染四支，大南蟹爪十支，小蟹爪十支，须眉十支，大著色二十支，小著色二十支，开面十支，柳条二十支，箭头朱四两，南赭四两，石黄四两，石青四两，石绿四两，管黄四两，广花八两，蛤粉四匣，胭脂十片，大赤飞金二百帖，青金二百帖，广匀胶四两，净矾四两。""再要顶细绢箩四个，粗绢箩四个，担笔四支，大小乳钵四个，大粗碗二十个，五寸粗碟十个，三寸粗白碟二十个，风炉两个，沙锅大小四个，新瓷罐二口，新水桶四只，一尺长白布口袋四条，浮炭二十斤，柳木炭一斤，三屉木箱一个，实地纱一丈，生姜二两，酱半斤。"

薛宝钗一口气开出了所有画具和原料长单，说明她对此道早已烂熟于心。看到这里，读者不由会对薛宝钗的高超才学产生钦佩之情。难怪姚燮在万有本《石头记》中批道："观宝钗一番议论，直是一个老画师。门外汉断不能道其只字。"此言诚哉。但是，相比之下，林黛玉似乎对于绘画创作就没有薛宝钗的修养深厚。听说绘画还需要"生姜二两，酱半斤"时，读者一定会和林黛玉一样感到惊愕。林黛玉随即打趣道：应该再准备"铁锅一口，锅铲一个"。薛宝钗忙问："这作什么？"林黛玉笑道："你要生姜和酱这些作料，我替你要铁锅来，好炒颜色吃的。"众人都笑了起来。然而，薛宝钗却认真解释道："你哪里知道。那粗色碟子保不住不上火烤，不拿姜汁子和酱预先抹在底子上烤过了，一经了火是要炸的。"众人听说，才恍然大悟。原来，不在盛颜料的碟子底部抹上姜汁和酱，火就会把碟子烤炸裂的。这一段文字，虽诙谐幽默，却烘托出了薛宝钗对绘画原料、器具和绘画创作过程中准备工作的谙熟于心。

薛宝钗之所以能成为一个"老画师"，得归功于作者曹雪芹。曹雪芹本人就喜欢绘画艺术，而且喜欢画竹木瘦石，以寄寓自己的情怀。在穷困潦倒时，他还曾卖画换酒喝。因此，《红楼梦》中薛宝钗所表现出的艺术修养，正是展现了曹雪芹的艺术价值观。

跟着林黛玉学写诗

"汝果欲学诗，功夫在诗外"，这是诗人陆游告诫儿子学习写诗的一句话。好的诗章是作者阅历、见解、学养、识悟、操守等所决定的，绝非懂一点平仄、懂一点格律就能写出好诗来。《红楼梦》中的林黛玉也可谓深得作诗三昧，她教香菱学诗时的精彩论述，水平应该是可与陆游比肩的，甚至要超过陆游。比如，她就认为陆游"重帘不卷留香久，古砚微凹聚墨多"的诗句，虽然对仗工整、用词谨慎，但是格调却非常"浅近"。

第四十八回中，香菱住进潇湘馆，缠着林黛玉要她教自己作诗，林黛玉笑着说："既要作诗，你就拜我作师，我虽不通，大略也还教得起你。"接下来，林黛玉告诉香菱，作诗不是什么难事，只要掌握了作诗的要领就行。她说："不过是起承转合，当中承转是两副对子，平声对仄声，虚的对实的，实的对虚的（笔者注：这两句应为虚对虚、实对实，是历来版本错误），若是果有了奇句，连平仄虚实不对都使得的。"这短短几句话，就把写作格律诗的要领说得一清二楚。第一，格律诗的基本格律要娴熟掌握，起承转合、平仄、对仗、用韵，是律诗的基本要求。第二，又不要受格律所束缚，

"若是果有了奇句"，则可不为格律所限制。香菱绝对聪明，一下子就领悟了林老师的意思，说："怪道我常弄一本旧诗偷空儿看一两首，又有对的极工的，又有不对的，又听见说'一三五不论，二四六分明'。看古人的诗上亦有顺的，亦有二四六上错了的，所以天天疑惑。如今听你一说，原来这些格调规矩竟是末事，只要词句新奇为上。"

那么，如何才算得上"词句新奇"呢？香菱或许只学得了皮毛，理解上还有偏差。还是听听林黛玉的继续指导吧："第一立意要紧。若意趣真了，连词句不用修饰，自是好的，这叫作'不以词害意'。"林黛玉简明扼要地把香菱的注意力引导到诗章的立意和意趣的"真"上来。古人云：诗言志，歌永言。所谓"志"，

就是"意"。"意"讲究要"真"（真情实感）、"深"（深刻深远）、"新"（不落俗套）。当然，这话说起来简单，真正做到却不那么容易。杜甫说："为人性僻耽佳句，语不惊人死不休。"又说："文章千古事，得失寸心知。"为了追求真、深、新的艺术境界，真不知耗尽了多少诗人的心血。

香菱领悟能力极强，听林老师讲到"立意要紧"，赶忙举例说明："我只爱陆放翁的'重帘不卷留香久，古砚微凹聚墨多'，说得真有趣！"听到学生这番心得，林黛玉马上指出："断不可学这样的诗。你们因不知诗，所以见了这浅近的就爱。一入了这个格局，再学不出来的。"林黛玉一语中的，诗看得少，就不知天外有天。陆游的诗句固然真切有趣，也符合格律，但总体上格调不高，立意浅近。难怪林黛玉要给香菱制定一个完整的学习计划，开列了王维、杜甫、李白等古代诗人的诗作作为教材，让她"细心揣摩透熟"了，打好"底子"，并期望香菱这个"极聪明伶俐的人""不用一年工夫，不愁不是诗翁了"。

香菱真心要学诗，便按照林黛玉的教导，先把王维的《王摩诘全集》借来，"回至蘅芜苑中，诸事不顾，只向灯下一首一首的读起来"。读完了王维一百首五言律诗，来到林黛玉住处，"又要换杜律"。林黛玉要考她，香菱答道："据我看来，诗的好处，有口里说不出来的意思，想去却是逼真的；有似乎无理的，想去竟是有理有情的。"

几天工夫，香菱对诗的认识已经较前大为提高了。林黛玉听了十分赞许，循循善诱地要她举例说明。香菱便谈了自己学习王维的心得体会："我看他《塞上》一首，那一联云：'大漠孤烟直，长河落日圆。'想来烟如何直？日自然是圆的。这'直'字似无理，'圆'字似太俗。合上书一想，倒像是见了这景的。若说再找两个字换这两个，竟再找不出两个字来。再还有'日落江湖白，潮来天地青'：这'白''青'两个字也似无理。想来，必得这两个字才形容得尽，念在嘴里，倒像有几千斤重的一个橄榄。还有'渡头余落日，墟里上孤烟'：这'余'字和'上'字，难为他怎么想来！我们那年上京来，那日下晚便湾住船，岸上又没有人，只有几棵树，远远的几家人家做晚饭，那个烟竟是青碧，连云直上。谁知我昨日晚上读了这两句，倒像我又到了那个地方去了。"香菱的这份"考卷"是个"满分答卷"，难怪中途进来听她讲诗的贾宝玉也不禁称赞道"可知三昧你已得了"。

香菱所得的三昧，首先得益于自己的天分和刻苦努力，同时更是基于林黛玉老师的指点教诲。"直、圆、白、青、余、上"这几个字是"一诗之眼"，"诗眼"是诗味、诗情、诗意、诗境的集中体现，所谓"夫活，亦在乎认取诗眼而已"（清刘熙载《艺概·诗》）。学生香菱是灵透的，老师林黛玉更是多才的。香菱虽然领悟了"三昧"，但是缺乏创作实践。林黛玉自然要考考这位得意门生，便说道："昨夜的月最好，我正要诌一首，竟未诌成，你竟作一首来。十四寒的韵，由你爱用那几个字去。"香菱的第一首习作是："月挂中天夜色寒，清光皎皎影团团。诗人助兴常思玩，野客添愁不忍观。翡翠楼边悬玉镜，珍珠帘外挂冰盘。良宵何用烧银烛，晴彩辉煌映画栏。"没想到，香菱拿着经过一番"苦思"得来的诗作给老师过目，林黛玉却批评道："意思却有，只是措辞不雅，皆因你看的诗少，被他缚住了。把这首丢开，再作一首，只管放开胆子去作。"

林黛玉批评得很对！为什么呢？因为香菱看的诗少，积累不足，所以诗中语言枯燥贫乏，用词流于俗套，什么"月挂中天""影团团"，什么"常思玩""不忍观"等等，用词浅陋。中间两联又有诗病"合掌"之嫌，"挂"字诗内重复两次，也是忌讳。"措辞不雅"，幼稚浮浅，就体现不出诗味和诗境，所以林黛玉鼓励她要把这首丢开，"放开胆子"再作一首。

香菱听从师诲，索性连房也不回，或在池边树下，或在山石之上，或蹲坐在地上，口中念念有词，成了"诗魔"（宝钗语）。

香菱苦志学诗，一会儿皱眉，一会儿暗笑，甚至到了夜晚"嘟嘟哝哝直闹到五更天才睡下"。按照林黛玉"放开胆子去作"的指点，她很快写出了第二首习作："非银非水映窗寒，试看晴空护玉盘。淡淡梅花香欲染，<u>丝丝柳带露初干</u>。只疑残粉涂金砌，恍若轻霜抹玉栏。梦醒西楼人迹绝，余容犹可隔帘看。"不过，林黛玉老师对这首诗还是不满意："这一首过于穿凿了，还得另作。"这首诗不过关的原因，林黛玉一语中的："过于穿凿"。

功夫不负有心人。那天晚上，香菱先是对着灯出了一回神，三更天了还没理出头绪来，直到五更天才蒙眬睡去，"忽于梦间得了八句"。诗云："精华欲掩料应难，影自娟娟魄自寒。一片砧敲千里白，半轮鸡唱五更残。绿蓑江上秋闻笛，红袖楼头夜倚栏。博得嫦娥应借问，缘何不使永团圆。"（第四十九回）曹雪芹替香菱拟的这首诗不仅在立意上"新巧有意趣"，而且在文字上也很讲究，"一片""半轮""绿蓑""红袖"对仗工整，意境上也有所突破。难怪众人看了这首诗都纷纷点赞哩。

香菱的这首诗借咏月而怀人。起句是以"月"而自况，"精华欲掩"也是掩不住的，但虽是美好的、"影自娟娟"的，而又是凄凉的、是"魄自寒"的。承句写情景，是那种思妇无眠、愁人不寐的情景，这凄凉不仅仅是自己的，而是想到了"千里"；这凄凉也不仅仅是片刻的，而是从"一片砧敲"的初夜，辗转到鸡唱五更的五更，这就把客观的"月"与主观的凄凉有机地融合在了一起。"绿蓑""红袖"一联，化用李白"谁家玉笛暗飞声"和范仲淹"明月高楼休独倚，酒入愁肠，化作相思泪"诗意，表达了香菱内心的苦楚和凄清。进而在最后一句，她借嫦娥之口质问命运之神，为什么不能使天下分离的亲人团聚一起，永不分离呢？这一问，看似轻巧，实际上却很沉重；这一问，看似天真，实际上却很凄凉。

香菱，原名甄英莲，是《红楼梦》中出场最早的薄命女。她四五岁时被人拐卖，十几岁被薛蟠强买为妾。正因为有着这样惨痛的人生经历，再加上她在林黛玉的辅导下深得诗之三昧，这首咏月诗才有了真情实感。邓云乡先生曾对这首诗评论说："结合香菱的悲惨身世来玩味这首诗，那真是有些声泪俱下了。岂只是'这首不但好，而且新巧有意趣'而已呢？"（《邓云乡集·红楼风俗谭》）

林黛玉虽然生性孤僻，对好学之人却热情大度。她指导香菱不厌其烦，循循善诱，而且言简意赅，切中要害，所以香菱才能很快悟入门径，获得成功，被添补为"海棠诗社"的社员。当然，林黛玉教诗、香菱学诗的过程，也从另一方面印证了古已有之的治学三重境界。第一重境界是"悬想"阶段："昨夜西风凋碧树，独上高楼，望尽天涯路。"第二重境界是"苦索"阶段："衣带渐宽终不悔，为伊消得人憔悴。"第三重境界是"顿悟"阶段："众里寻他千百度，蓦然回首，那人却在灯火阑珊处。"

有了林黛玉的诲人不倦，才成就了学而不厌的香菱。

贾宝玉爱喝进口红葡萄酒

《红楼梦》第六十回写了这样一件事："芳官拿了一个五寸来高的小玻璃瓶来，迎亮照看，里面小半瓶胭脂一般的汁子，（柳嫂）还道是宝玉吃的西洋葡萄酒。"结果，大家闹了个小误会。芳官拿来的玻璃瓶中装的不是"西洋葡萄酒"，而是"玫瑰露"。这个情节透露出两条信息，一是贾宝玉喝的是西洋葡萄酒，既表明"西洋"，肯定是进口而来；二是酒色像"胭脂一般"，说明贾宝玉平时喝的是西洋"红葡萄酒"。

葡萄酒，中国自古有之，这有唐代王翰《凉州词》"葡萄美酒夜光杯，欲饮琵琶马上催"和金代元好问《葡萄酒赋》等诗文为证，但真正的"西洋葡萄酒"却是清初从欧洲输入的舶来品。当时，只有少数士大夫在和传教士交往时，才会偶尔领略到洋酒的滋味。彭孙贻在康熙七年（1668）所写的《客舍偶闻》一书，就记载了他与德国传教士汤若望等人共品西洋葡萄酒的奇妙感觉：汤若望"取西洋蒲桃（葡萄）酒相酌，启一匣锦囊，又一匣出玻璃瓶，高可半尺，大于碗，取小玉杯二，莹白无暇，工巧无匹，谓吏部范公曰：'闻公大量，可半杯。'若望酌少许相对，吏部以为少。若望笑曰：'此不可遽饮，以舌徐濡之。'（范）潞公如言，才一沾舌，毛骨森然若惊，非香非味，沁入五脏，融畅不可言喻。数舐酒尽，茫茫若睡乡，生平所未经。若望亦如寐，良久始醒。仆从分饮半杯，仆不能起。若望命取粥各举一碗，身柔缓，须扶乃登车，仆从皆踉蹡欹侧归"。从这则记载看，当时他们喝的西洋葡萄酒，酒精度很高，刺激性非常强。否则，不至于半杯酒下肚一干人马就"茫茫若睡乡"了。

距彭孙贻等人品尝西洋葡萄酒四十多年后，康熙皇帝一度龙体欠安，在传教士的恳求之下，开始饮用西洋葡萄酒，并取得良好的效果。康熙四十八年正月二十五日（1709年3月6日），康熙上谕曰："前者朕体违和，伊等（指西方传教士南怀仁、徐昌升、安文思、利类思等）跪奏，西洋上品葡萄酒乃大补之物，高年饮此，如婴儿服人乳之力，谆谆泣陈，求朕进此，必然有益。朕鉴其诚，即准其奏，每日进葡萄酒几次，甚觉有益，食膳亦加。今每日竟进数次，朕体已经大安。念伊等爱君之心，不可不晓谕朕意。今传众西洋人都在养心殿，叫他们知道。钦此。"康熙皇帝喝西洋葡萄酒竟然治愈了"违和"之症，并且形成酒瘾，以致"每日竟进数次"，足可见西洋葡萄酒的魅力所在。自此，受康熙皇帝的影响，朝廷大臣、达官贵人等逐渐把西洋葡萄酒当作时髦饮品，饮用洋酒也渐成风气。

《红楼梦》以康乾时代为背景，贾府又是国公之家，王熙凤家还掌管各国的进贡品，所以贾宝玉能喝到"胭脂一般"颜色的"西洋葡萄酒"并不奇怪。在大观园里，连柳嫂这样的厨役都知道此酒，可见贾宝玉平时也是经常饮用的。《红楼梦》在吃、穿两项上是从不吝啬笔墨的，在第六十回特意点出"西洋葡萄酒"，正是要表现出贾府的豪富。

至于文首提到的"玫瑰露"，亦是舶来品。清代传教士南怀仁《西方要记》云："其名玫瑰者最贵，取炼为露，可当香，亦可当药。"

跟着红楼"闹"元宵

《红楼梦》中关于中国传统节日的描写数量之多、涉及之广、描摹之细，其他古代文学作品无出其右者。其中，元宵节就被写了四次，即抱女观会、英莲被拐、元妃省亲、元宵夜宴，生动地再现了当时社会的民风民俗，也见证了红楼情节的跌宕起伏和兴衰成败。

读者第一次感受元宵节，是在小说第一回中。甄士隐大梦觉醒，奶妈抱着幼小的英莲走来，甄士隐"见女儿越发生得粉妆玉琢，乖觉可喜，便伸手接来，抱在怀内，斗他玩耍一回，又带至街前，看那过会的热闹"。"过会"，按清代富察敦崇《燕京岁时记》载："乃京师游手扮作开路、中幡、杠箱、官儿、五虎棍、跨鼓、花钹、高跷、秧歌、什不同、耍坛子、耍狮子之类"，是古时正月十五元宵节的民间习俗。甄士隐抱着独女看元宵夜的杂耍百戏，虽寥寥数笔，却尽显天伦之乐，当然也为后面英莲在元宵夜被拐埋下了伏笔。

仍然在第一回中，小说写了书中的第二次元宵节："真是闲处光阴易过，倏忽又是元宵佳节矣。"这天，年过半百的甄士隐让家仆霍启抱着三岁的英莲去看社火花灯。"半夜中，霍启因要小解，便将英莲放在一家门槛上坐着。待他小解完了来抱时，哪有英莲的踪影？"一个天真烂漫、活泼可爱的"心肝宝贝"就这样被人拐走了。多少年后，英莲成了大观园里的香菱，在金陵十二钗副册里排在第一位。元宵节本是喜庆团圆之日，作者却突出了这一悲剧性事件，让人们感受到了大喜大悲、人生无常的凄楚，更为以后贾府两次过元宵节做了铺垫。

小说第三次描写元宵节是在第十七、十八回中的元妃省亲之时。那晚，贾府内"各色花灯烂灼，皆系纱绫扎成，精致非常"，"只见园中香烟缭绕，花彩缤纷，处处灯光相映，时时细乐声喧，说不尽这太平景象，富贵风流"。小说经过细致描写，把贾府"玻璃世界，珠宝乾坤"的情景展现得淋漓尽致，透露着贾府正处在荣华正好的极盛时期。直至第二十二回，到了正月二十一薛宝钗的生日，元妃自制灯谜让大家猜，从谜底"爆竹、算盘、风筝、佛前海灯"中暗示了元、迎、探、惜后来各自不同的命运结局，预示了贾府显赫之后的败落，才让这个元宵节的完美收尾。

第五十三回、五十四回是描写第四次元宵节的重头戏。作者在此时开启了全聚焦模式，把贾府众人在元宵之夜如何摆家宴、行酒令、吃元宵，如何看戏赏钱、听书弹曲，如何燃放烟花、晚辈敬酒，进行了精细入微的描述。酒宴上，凤姐还一连讲了两个"过正月半"的笑话：一个是"一家子也是正月半，合家赏灯吃酒真真的热闹非常"，"吃了一夜酒就散了"；一个是"聋子点炮仗"，讲完笑话，凤姐说："咱们也该聋子放炮仗散了罢。"这分明是一种预言，与第一回中癞头僧所说"好防佳节元宵后，便是烟消火灭时"有着前后呼应之妙，也说明此时的贾府已由"烈火烹油，鲜花着锦"般的盛世走向了"忽啦啦似大厦倾，昏惨惨似灯将尽"的衰败。

元宵节成了大观园最后的精彩！

后 记

　　《别说——四大名著中的冷知识》付梓，喜悦之余，还有一些话要唠叨几句。

　　青少年起，我即喜欢涉猎国学经典，诗词歌赋、经史子集、小说戏剧……凡是能搜罗到的，便读将开来，算来已经五十年有余了。阅读之余，常常觉得书中有些煞有介事的桥段，还真是那回事儿；有些似乎千奇百怪的情节，也挺像那回事儿；看得多了也发现有些司空见惯的说法，其实并不是那回事儿。于是，立誓治学。伐柯琼林，采珠大海，务期泛滥停蓄。逐渐养成了博采、精品、深解、妙悟的治学道路。四五十年来，写的数千篇拙作散见于国内外数百家报纸杂志。奈何几次搬迁，样报样刊统统散佚。做媒体时，整日忙于编务写稿和社会活动，无暇精研细磨。近十年来，才重操旧业，也算是一段不解之缘吧。

　　有意义，有意思，是我多年来追求不舍的写作目标。有意义，是说选材要有正能量，要起到引导读者关注中国传统文化兴趣的积极作用；有意思，是说选材、叙事方式要方便读者，符合口味不同的读者的本质需求，让人爱看爱读并成为他们的话题。正所谓雅入俗出、寓雅于俗、亦俗亦雅、通雅涉俗、雅俗共赏、用自由之笔、抒自我之情、写自得之见、显自在之趣是也。书写了不少，总计也得有数十本了，哪怕是一篇论文我也尽力写得耐看一些，生动一些。然而，这一点在本书中做到没做到，还望广大读者进行评判。

特别感谢明睿的马腾、段德国先生为本书的出版费尽心思，尤其是刘桂秀女士帮我整理文本，做了大量琐碎工作。感谢家兄张继礼先生冒着酷暑为本书创作了上百幅插图。书稿成，山东教育出版社张虎、董晗二位主任等编阅审理，热忱鼎力，争取书稿早日出版，令我甚为感佩。今后，我当不负众望，继续尽心尽力、尽力而为，早日完成《别说——诗词歌赋中的冷知识》《别说——语言文字中的冷知识》《别说——民间习俗中的冷知识》系列，让读者检阅。

本书自序很短，只有五个字，几可忝列吉尼斯纪录，后记说多了也不好。该书书稿成于春天，尽管由于突如其来的新冠疫情，2020年的春天，来得比往年都晚一些。"况阳春召我以烟景，大块假我以文章"，李白《春夜宴从弟桃花园序》的这句话，在治学路途上一直赋予我前行的力量。该书出版后，我、你、他不久就会迎来下一个春风和煦、阳光明媚的春天！

张继平

庚子年初秋于拾荒斋